JN255373

息子よさようなら

李佳

東京図書出版

目次

第一章

遠き灯火

スリッパが脱げたが、必死に家を飛び出した。背後から包丁を持って追いかけて来た養母の荒い声に攻められ、今までにない危機感を覚えて、私は逃亡者のように海辺の方向へ全力疾走した。

「はぁー」と胸を押さえ、通りかかった公園の木の蔭に息を潜めた。

妹が生まれてから、何故か養母はいつも突然に怒り、私を乱暴につねったり、ムチで叩いたりした。

彼女が特別に作ったムチは、いつも玄関ドアの傍の壁に掛けてあった。

何本かの粗い竹の穂先で編んだ竹箒のようなものだった。

その竹の穂先があたると、身体中が血まみれになり、激しい痛みが走る。しかし痛いからと逃げると連れ戻されて恐ろしいほど打たれるので、私はついに養母の体罰から逃げることを諦めていた。

しかし、今回はムチではなく、高校受験の勉強に集中したいため、勝手にテレビを消したという理由で、養母が狂った様子で台所から包丁を取り出し、私に向けた訳だ。

公園のベンチに体を丸くして座り、やっと落ち着いた私の目に映ったのは、一軒の小さな洋風の家だった。二階建ての建物の周りは垣根に囲まれ、ブーゲンビリアの花が華やかに咲いていた。

室内には暖色の明かりが灯っていた。

ピアノの音が時折、少しだけ聞こえた。

幸せそうな家庭だなと、羨ましく眺めていた。

「あの家はきっと優しいお母さんがいる。実の両親と一緒に暮らせたらいいのになぁ」と不意に呟き、いろいろな人の家の理想像を妄想し始めた。

一九七一年当時、中学校三年生の割に身長が低く、体重が二十キロしかない私は、実は、名も親も知らない嬰児で養父母の家の前に捨てられていた。

養父は共産党と戦い、中国大陸での内戦に敗れた蒋介石とともに台湾に撤退した二百万人のうちの一人の職業軍人だった。退役して台湾の東部に位置する花蓮（ファレイン）市に定住し、同郷の人の紹介で台湾政府が直営する工場の警備員の職を手に入れたが、二十四時間交代勤務なので、工場に泊まり込みをして、週に一日しか家に帰ってこない。

私の兄の生家は貧しくて、学齢でも学校に行かせてもらえないため、八歳の時に養父の友人の紹介で、うちの養子として迎えられた。養父はすでに五十歳になった頃だった。

中国大陸への入り口は、鉄の扉のようにしっかりと閉じ、台湾との間の交流は完全に閉ざされた。浙江省にある故郷に戻れない老いた養父が、二十五歳も年下でアミ族という原住民出身の養母と結婚し、五十九歳にもなっていたため子供を作ることは断念しようと思っていた。そんな時妹が生まれた。

そのできごとがなければ、私も兄と同じく普通に学校に通えるはずだったが、妹が生まれたことによって、養母の心境が変わった。

「お前は中学校を卒業したら、叔母が働いている電子部品の組立工場に行こうね」とひっきりなしに話しかけてくる。

しかし兄のことについては、違う解釈をしていた。

「そうだね。偉君(ウェジュン)は私達王家の位牌を継ぐ男子だから、できるなら、行けるところまで勉強させようね」

女子生徒ばかりのクラスメートの内、七十五パーセントを台湾出身者以外の「外省人」が占めたのは、家の近くに公務員宿舎が集中したからだ。ありとあらゆる公務員は外省人だったので、通学区域に残されていた日本式の宿舎には、当然ながら、殆ど外省人ばかりが住んでいた。

県警本部の本部長や、県庁と税務署職員の娘たちは勿論、養父が勤めていた国営の工場の職員も公務員の扱いなので、それらの工場長や高級幹部の娘たちも私のクラスに集まった。優秀な生徒に囲まれ、中学を卒業してすぐに工場に送り込まれ、出稼ぎに行くのは、ひどい抵抗感があった。とても同級生たちに知らせることができないものであり、恐らく彼らとは一生涯会えることもないだろうと思った。

その最悪な運命に遭わないよう、何とか良い成績を上げ、勉強ができる子だよというふうに自己アピールしたが、養母はそれを無視し、益々私を目の敵にした。

「父ちゃんは大分歳取っただろう。もうお前を養えないよ」と彼女が言った。

その年、兄は地元花蓮の一番優秀な高校に合格し、国立大学を目指すため、夜はいつも県立図書館で勉強していた。

一方、家では、赤ちゃんの泣き声と共に、私の辛い日々が続き、おむつを洗うのが日課となった。

養父も兄もいない時に、養母は晩ご飯に何のおかずも付けずに、塩だけふりかけにして、私に食べさせた。

○

公園のベンチに長い時間座り、ようやく立ち上がると重い足取りで家に向かった。

兄が制服を着替えもせず、狭い応接間にある籐の椅子に教科書を置き、勉強しながら私を待っていた。

小さい頃から無邪気で一緒に遊んでいた兄は、喉仏がだんだん目立つようになり、いつの間にか大人っぽくなっていた。

「随分夜遅くまで外にいたね。心配したよ」

私は何も答えずに、ゆっくりと自分の部屋に入った。

「入っていいかな」と兄がドアをノックした。

「駄目だよ」と一度も言ったことのない私達兄妹の間に、なんだか何かが変わってきたような気がした。

「最近は莉莉（リーリー）の体に傷痕をよく見かけるけど、何かあったの」と兄が尋ねた。

私は、ただただ顔を横に振っていた。

「もしかして……」と、兄がしつこく聞いてきた。

「母ちゃんに叩かれたのか」

私は何も言えずに、ベッドの上に座り、頭を膝までさげた。

依然として言葉を発さない私を見て、兄が優しく私の足の傷痕を撫でた。

「違う。違う。自転車で竹林に突っ込んで、怪我したの」と兄の手を払って、訳の分からない嘘をついた。

兄が玄関の方向に目をやった。

「莉莉はきっと何かの悩みを抱えていると思う。聞かせてよ」と兄は私の傍に座った。

だいぶ考えた末、私はやっと口を開いた。

「私は中卒でおしまいかもしれない」

「そのことか」と兄がすぐにアイディアを出してくれ、「地元の夜間高校に行かせてもらう方向で、母ちゃんを説得するよ」と兄が言った。

「そうか。勉強しながら働けばいいのね」とひらめいたと同時に、兄の頭の回転の良さに感心した。

捨て子である私を引き取り、優しく育ててくれた養父と、生まれてきたばかりの妹のことを考えると、私は恩返しをしたい。決して楽な生活をするつもりもなかった。

○

予定通りに、私は夜間の商業高校に入学した。

養父の同郷の紹介で、私は順調に銀行の小妹（給仕）として働くことになった。

当時の銀行員は公務員扱いだった。養父は蒋介石と同じ故郷の浙江省出身なので、同郷で高級官僚の知り合いが多く、簡単に国の機構の職につけるメリットがあった。

私は朝早く起き、雨の日も寒い日も、自転車で通勤、通学し、仕事と学業を両立させた。

忙しい日々が続いたので、家族が顔を合わせる時間が前よりも少なくなった。

銀行では、お茶くみ、掃除等の雑務と紙幣を数える仕事以外には、苦労する程のこともない。ましてや給料が入るから、養母は私にはもう意地悪する理由がなくなった。

高校二年生の夏休みに、兄が希望した国立中興大学の理学部に合格した。

競争があまりない花蓮は、平均では年に数人しか国立大学に合格できなかった。

合格発表の日に、兄が興奮のあまり、私を抱き上げた。

「万歳！　やった」

その瞬間、兄は兄ではなく、地元の英雄であり、一人の美男子にも見えてきた。

兄は私をおろした瞬間、何故か強く私の手を握り、再び私を強く抱きしめ、温かい唇で私に口づけをした。

三年間も大学受験に夢中だった兄と、学校に行かなくてもいい長い夏休みに入った私たち兄妹は、完全に解放されたのか、兄が突然想像したこともない大人の世界に走り出した。

「ダメだよ。兄ちゃん」

拒絶したのに、兄は強引に私を部屋に入れ、ランプを消した。

小さい頃、よく鬼ごっこをし、布団の中に潜り込んだことがあるけど、その時はなんとも思わなかった。しかし、その日、兄の心臓の鼓動がはっきりと聞こえ、兄の体が熱くなり、息が異常に荒かった。そして、下半身のあそこは不思議に大きくなり、暗い部屋の中で、兄はそれで私のあそこを強く擦っていた。

それまでの人生では、男と女は何が違うのか考えたこともない。学校の先生は、ただ生徒に良い成績を取るように指導するだけだった。性教育は何も行われておらず、当時の若者は、男女が手をつなぐだけでも妊娠するんじゃないかと思っていた。

兄の行為によって、私は被害者になるかもしれないと思いながらも、性に関する常識もなく、抵抗さえできなかった。

そもそも私は逃げることを知らない人間としてしつけられてきたから、力の強い兄にやりたい放題され、震えが止まらなかった。

婚姻前の異性行為は、貞操観念の強いその時代に、後ろ指を指されるほど、厳しく追及されるものだった。

罪悪感と恐怖を抱きながらも、私と兄は、とうとう禁断の愛に身を投じた。

おとなしく真面目に大学の受験勉強をしていた兄が、突然遊び人に変貌し、体が燃えたかのように私を愛撫し続けた。

その日から、外側の人間には絶対にバレないように、二人は家で愛し合ったり、時には親の目が届かない闇の野外に、兄に連れて行かれたりした。

そんなふうに過ごしているうちに、夏休みが終わり、兄が台中(タイツォン)に行き、憧れの国立大学の一年生、いわゆるフレッシュマンになり、離れ離れの別居生活が始まった。

私は順調に高校三年生に進級した。商業高校とは言え、中学時代に共に成績を競争し合った超天才のクラスメート達と同じく大学に行きたかったので、兄の協力を得て調達してきた社会科の本を含め、兄が使っていた普通高校の教科書で、受験勉強を始めた。

学業と仕事だけで忙しいのに、どうして兄のその甘い抱擁で溶けそうになったのか分からない。

幼稚園の時に家族が増え、兄が私たちと一緒に住むようになった。家は賑やかになり、養父母が見守る中、いつも仲良く遊んでいた。

国立大学に合格した時から、兄は私にとって、違う存在となった。一人の成績優秀者が更に力を出し切って、努力した結果、エリートしか入学できなかった国立大学に合格したという優越感を二人で分かち合った瞬間に、恋心が生まれたに違いない。

もし、兄が私に一歩近づかなければ、彼に対する尊敬の気持ちは、単なる憧れだったかもしれないが、兄が自らその恋心を行動に移してしまった時から、互いに熱い想いに転換してしまった。

兄への思慕の念が堪え切れなかったため、頻繁に手紙を書き、郵便屋さんが来るのが待ちきれなかった。

兄は、二人の恋が親に知られるのを恐れ、手紙のあて先は、私の勤務先である銀行の住所にした。

高校卒業式の翌月は、全国の学校は夏休みに入り、年に一度しかない大学試験が始まる。

私は、七月の全国公私立大学及び八月の夜間大学の連合試験に臨むため、旧正月明けの第二学期から仕事を辞め、兄との連絡も殆ど取らない状況で、大学試験の準備に全力投球した。当時大学の進学は相当に難しい時代であり、すべての浪人を含め、受験生五人に一人しか大学に入れなかった。そのような背景があり、憧れの大学のフレッシュマンになるため、目を輝かせた。

一方、兄はアルバイトをするため、夏休み期間中、帰省しないとの連絡が入った。

そもそも高校の入学さえ断念しなければならない時期があり、工場にでも送り込まれるのではないかとハラハラしていたので、大学の進学は、授業料無料の国立師範大学に合格しなければ、当然夜間部にするしか選択肢がなかった。

大学夜間部の合格発表は九月だった。

私は台北にある当時貴族大学とも言われた一流の私立大学輔仁大学の夜間部に見事に合格した。

一九七五年九月に、台北の叔母が手配してくれて、私は引き続き勤労学生になるために、早くも荷物をまとめて、バスで一日もかかる山道を通って、台北に向かった。

なによりも、長い間会っていない兄にとても会いたくて、初恋の相手でもある兄にサプライズを与えようと思い、兄がいる台中に突然訪問することに決めた。

私たちはそれぞれ違う都市にある大学に通うことになるが、台北も台中も、故郷の花蓮よりもずっと交通の便がよく、存分に会えるだろうと思い、興奮して眠れなかった。

台北から電車に乗って台中駅を降り、中興大学行きのバスに幸せいっぱいの想いと共に乗り込んだ。

兄の住所が書かれている封筒をしっかりと手に握り、熱い再会ができることを想像しながら、小走りで初めての街で、興大路十二号……十四号……十六号というふうに探し、一軒の小さなアパートの前に足を止めて、一〇二号室のドアをノックした。

「兄ちゃん、ただいま」

私は待ち切れずに大きな声で呼んだ。

少し時間をおいて、兄が短パン姿で、上半身が裸のままドアを半開きして外を覗いた。部屋の中には、寝巻きを着た三十歳前後の女性がいて、親しげな雰囲気で兄について来た。

「あらまあ、偉君の妹さんですか。可愛いね」と嬉しそうに、私を部屋の中に入れようとした。

兄が慌ててそれを阻止した。

「喫茶店にいこうか」と言った。

心が冷え切った私は、十九歳の若さで、このような残酷な場面に遭遇し、どういうことなのか分からなくなり、今までの人生の中で最大のピンチに陥ってしまった。

「彼女は大家さんだよ。家賃が払えない時に、よく僕の面倒をみてくれたよ」

兄が私の後ろで歩きながらこう言った。

私は地面ばかりを見て、異常な速さで歩き、涙をこらえ、ひたすらにバス停留所に急いだ。

「莉莉、ごめんね。彼女はすごく親切な人だよ」

「親切な人って」私は切れそうな声でつぶやき、「バスが早く来ないか」と何度も振り向き、心の中で、『バスよ、早く私をここから連れ去ってくれ！　救急ヘリみたいに吊り上げて、私をここから連れ去ってくれ』と祈った。

兄が何度も「ごめんね。本当にごめんね」と言った。

バスはすぐに来た。

私は車内に逃げ込んで、顔と体を深く椅子の中に潜り込ませるようにして、低く座った。兄は何か言おうとしたが、力が抜けた感じでバスの動く方向へと追いかけてきた。

初恋の夢がこれで崩れ去った。台北三重市の寮で一晩中涙を流した。

翌日、公衆電話から叔母に電話を掛け、難しい問題が発生したから、暫くの間、誰にも私の住所を教えないでほしいとお願いした。

○

蔣介石の夫人宋美齢が大学の理事長として務めた輔仁大学は、さすがに貴族大学だった。当時、車は購入するのに、二、三棟の家を買える程かかり、セレブの人しか持てない贅沢品だった。しかし、商学部ビルの裏の駐車場には、大富豪の親を持つ大学生の車がぎっしりと停まっていた。

芝生が多く、テニスコートがあり、学部ごとに図書館やレストラン及び事務室が設けられている。

私が入った外国語学部には、ネイティブスピーカーの外国人講師が多く採用され、一九七五年当時、他の大学に見られない最新設備やＬＬ教室、外国語教育で使用するビデオ機材などが一足早く導入されていた。

新入生の入学手続きや単位の登録など、指定された時間帯に来校し、長時間列に並んで、コンピュータがまだ流通していない時代なので、すべてが手作業で進められていた。

そのお陰で、我々昼間に働かなくてはいけない勤労学生でも、本当のセレブ大学の姿をじっくりと観察する余裕ができた。

「夜間部は五年間か。長いなぁ！　卒業できるのかな」

やっと入学の手続きを終え、キャンパスのカフェテリアで、一人で食事を取った時に、自信がなくなりそうな感じがした。

一年間三百六十五日があり、それをかける五年間だ。

夜間部の大学生として、一日一日を生きることに、戦争のようなビジョンが目の前に浮かび上がった。

「でも頑張るしかない。早く独立して、兄から逃げたい」と自分に言い聞かせた。

「席が空いているけど、ここに座っていいですか」手に何冊かの分厚い教科書を持った女子学生が私に声をかけてきた。

「ああ、どうぞ」と言ったら、彼女が持っていた本が食卓に落ちた。夏目漱石、芥川龍之介、川端康成の全集だと分かった。

「東方語文学科ですか」と尋ねた。

「まあ、本格的に言えば、日本語学科ですよ。政府が反日感情を持っているから、日本という名を付けさせたくないのね。だから日本航空も亜細亜航空に改名されたでしょう。それからね、日本語の書籍もレコードも映画も何でも禁止されたでしょう。日本語を勉強するのに大変苦労するのよ。私はね、いつもバスに乗って故宮博物館に行って、わざわざ日本人観光客の傍で、何かを見ているふりをして、日本語の聞き取り練習をしていたのよ。そうだ。私が日本語を専攻していたら、昔の友人に売国奴と言われたことがあるのよ。まったくね」彼女はぶつぶつと文句を言い続けた。

花蓮を離れる前までは、学校の行事がある時に、よく「中華民国万歳」「蒋総統万歳」と称え、国と国のリーダーを絶対尊敬するとの習慣を身につけたが、政府の方針を批判するのは、相当に大胆な言動で、台北に来てから初めて体験させてもらった。

「日本語って、どんな感じの文字なのかな。見せて下さいませんか」

「いいよ。日本語はね、勉強し初めのころ、とても易しそうに見えるけど、ある程度上達したら、日本語は世界中で一番難しく、複雑な外国語だと分かるのよ。言葉の階級は厳しく区別されている。女の人が男の人に日本語を教わったら、笑われちゃう言葉遣いをしてしまっても判らない人がいるのよ」彼女がフンと笑った。

私は面白そうに彼女の話を聞き、芥川龍之介の本を取って読んでみた。確かに日本語には漢字があるから、勉強しなかった人でも大体の意味が分かる。

でも、その一度も見たことのない日本語に、なんだか一瞬の間に、何かの温もりが体中に充満され、私の血液の中に、日本と何か深い縁があるようなテレパシーを感じ取った。

日本国……千葉県……山崎……何だか分からないが、朦朧としている間に、これらの文字が急に浮かび上がった。どこかで見覚えのあるような感じがした。

「どうしたの」彼女が心配そうに聞いてきた。

「いいえ、日本語は簡単そうだね」私はぼんやりしたことに、関係のない話で彼女にごまかした。

「鄭さん、こんにちは！」遠くから一人のスリムな男子学生が彼女に日本語で声を掛けてきた。

「ジャッキー、お元気」彼女も日本語で返事した。

「元気ですよ。この方は？」

彼は興味津々の態度で私を見つめた。

「王莉莉と申します。英語学科のフレッシュマンです」

「Oh, please call me Jackie. My major is Business Management. I have lots hobbies and I like communicate with people use foreign language.」

「ジャッキーは、実は七カ国語が話せるのよ。あ、そうだ。私は鄭玉玲(ツンイウリン)と申します」

「Bonjour」と、ジャッキーがすぐに通りかかったフランス人講師らしき人物について行った。

残った私たち二人は、羨望の眼差しで彼を見送った。

「鄭さんは寮に住んでいるのですか」早くも叔母が手配してくれた寮から離れたい気持ちがあり、鄭さんに寮のことを探ってみた。

「その通りです。文学部の傍にある女子寮に住んでいますよ。夜間部の学生は寮に入れないけれど、大学の裏にある退役した軍の幹部が集まった大学新村には、下宿をやっている家庭が多く、完全に学生さんに貸す家もありますよ」彼女は丁寧に答えてくれた。

不本意ではあるが、禁じられた恋をしてしまった私たち兄妹の今後の行方は、とても悲観的なものだった。故郷の家にはもう帰れなくなったし、家族や叔母に会うのはあまりにも辛すぎる。少し経済的なことが安定してきたら、私は一人で生きていこうという気持ちに変わり、大学新村を、私の次の出発点にすると決心した。

○

カトリック大学の当校では、英語学科に入ると、新入生であるフレッシュマンには、一つ大きなイベントがあり、クラスの担当に当たる修道女の講師が、私達学生に一人に一つの英語の名前を与えてくれる。

私の名前は、パトレシアだった。

洗礼された気分で、新しい名前を頂いたことにより、とても新鮮な感じを覚え、生まれ変わったような気がした。

叔母が勤めている場所は、学校には遠いので、私が台北に来る前に、三重市にある叔母の友人の紹介で、電子部品の組立工場で働くことが決まっていた。

工場からバスでの通学にはとても便利だし、昼食付きで、寮も無料で提供してくれる。経済的な負担が殆どないので、今年いっぱいの給料を貯めれば、来年度の授業料は大体間に合う。その計算で、十二月の末日に辞表を提出することを視野に入れた。

昼間八時間の重労働で、相当に疲れ切って眠い。しかし、大学の卒業証書を手に入れるという夢に一歩ずつ向かっているので、歯を食いしばっても、最後までやり通すことと決めた。

予定通りの年末というか、クリスマスに近づくと、相当にうきうきしてきた。

日曜日に軍事訓練の授業があり、放課後ついでに、一人で大学新村（輔仁大学の裏にある住宅団地）に行き、道路脇の掲示板に貼られている賃貸物件のチラシを見に行った。

赤い貼り紙に黒い筆で書かれている賃貸物件の情報一つ一つに真剣に目を通し、メモをしていたところに、後ろから馴染みのある声が響いた。

「わぁー、Nice to meet you again」

ジャッキーの横顔が見えた。

「まさか大学新村に住んでいるの」私は尋ねた。

「家は遠くないけど、勉強に集中したいから、こちらに部屋を借りている」

「そうですか」

「アパートを借りるの？　僕の隣の部屋がちょうど一つ空いているよ。見に来ないか」

ジャッキーは黒い縁の眼鏡を掛けていて、手に分厚い本を何冊か持っている。身長は百七十五センチはあるけど、細身で真面目な顔をしていて、勉強好きな男子だなと思い、何だか安心感を与えられた。

彼の下宿は、一階に庭のゲートがあり、中に入ると、建物外側の階段を上がって、二階の部分に賃貸物件があった。

部屋は三つに仕切られている。風呂場とトイレは共同だった。

「一つ目は僕の部屋だよ」ジャッキーが言った時に、奥の部屋からちょうど一人の女子学生が出て来た。

「えっ、男女が一つの建物の中に同居しているじゃないの」

「それは、大学新村の風潮だよ。台湾の教育が失敗したのは、子供達にコンドームの使い方を教えないからだよ。それをちゃんと持参すれば、妊娠することがないし、心配することも何もないよ」

ジャッキーの斬新な言葉に、大変大きなショックを受けた。

単純な生活スタイルに慣れた田舎から、台北という変動の激しい生活環境に直面し、私はついていけるか、すごく不安に思った。

「男女共用のアパートが嫌いなら、ほら、メモしたのがあるじゃない？　一緒に回ろうか」

ジャッキーはこう言ったが、私はそれを断った。

結局、その日に、大学新村にある入居者全員が女子学生のアパートに入居することを決めた。

叔母に黙って、こっそりと大学新村に引っ越した。

引っ越し先が決まっただけでは、生活が安泰という訳ではない。就職活動も早くしないと、これからは授業料を稼ぐことだけではなく、家賃、生活費が、授業料より遥かに高くかかるため、油断は許されない。

故郷を遠く離れるデメリットは、このような高額な支出があることだと初めて知った。

入居した女子寮の中に、大学の脇にある三洋電機の工場で組立工として働いている夜間部の学生がいて、彼女は私に声を掛けた。

工場の消耗品倉庫で簿記の分かる夜間部の大学生を在庫管理の担当として、補充採用したいとの情報を提供してくれた。私は商業高校の出身なので、普通高校を卒業した人よりも、会計を勉強したことがとても役に立ち、学費を稼ぐには大変助かったことを実感した。

○

年明けすぐに、期末テストのムードに入り、大学新村に住む学生達はラジオをつけ、音楽を聴きながら徹夜で勉強していた。

当時台湾の大学進学率は、浪人を含め、受験生のうち二割の人しか大学に入学できない。

しかも入学したからと言って、イコール卒業できるとは保証されない。その年度のうち、受けた単位の三分の二が不合格になると、単位の取り直しではなく、いきなり退学処分となる。

そのため、特に理学部と商学部の学生が必死に勉強するそうだ。

「ある意地悪な教授が採点する時に、扇風機で試験用紙に風を当て、一番遠く飛ばされた紙の学生は、その単位が落とされる。教授の言い分としては、使われているインクが少なくて軽い試験用紙は、勉強していない証拠にもなるからだ」

兄が一度出会った理不尽な教授のことに、文句を言ったことがある。

運よく、私は英語学科だから、学んだものを暗記すれば、試験に受かる。

小学校の時から、自分の驚異的な記憶力に気づいていた。勉強しなくても、いつもクラスの中で一位の賞をもらった。

中学時代になると、ＩＱテストでクラスを編成され、数カ所の小学校のエリートの生徒達が、私のクラスメートになり、どの生徒もどの科目もほぼ満点の成績を取り、追いつけないことに参ったなぁと思った記憶がある。けれども、国文や歴史、地理というような暗記科目だけは、カメラで撮った感じで、教科書に印刷されている文字は、隅から隅まで覚えられる。

文系に入学したことで中間テストと期末テストに合格しやすい。単位が落とされるのはあまりないことを知り、勤労学生にとっては、何よりも重要なことだ。

昼間に働き、月曜日から土曜日まで毎晩、学校に通わなくてはいけない。更に日曜日に、軍事訓練か看護学科の勉強が卒業するまで毎年必ず入る。

このような過酷な日々が五年間も続き、どの試練も乗り越えなければ、卒業証書が手に入らない。これが夜間部学生の現実だ。

○

大学は、長い一週間のテストが終わると、キャンパスが急にシーンとする。全校は冬休みに入り、やがて旧正月がやって来る。

会社の休暇が始まるまで、昼間だけ働けばよく、夜は完全にフリーになるのは、すごく楽になる。

しかし、緊張した日々からスイッチ・オフになったのが原因か、脱力感があり、空しい気分になった。

学生たちみんなが帰省する準備をしている中、私は兄との関係がまずくなったので、家に帰らないことにした。

とは言え、冬休みからお正月まで、一人ぼっちで大学新村で暮らさなくてはいけないことを思うと、不安な気持ちが湧いてきた。

雨がぽつぽつと降っていた。

三洋電機の仕事を終えての帰り道は、校門の方からアパートに向かうルートを使うなら、大学のキャンパスの真ん中をまっすぐに通れば、一直線でアパートに着く。

学校のない日でも、暗くなったキャンパスに毎日入り込むこととなった。

大学は、むしろ我が家のように孤独な私を受け入れ、優しく包み込むような感じがした。

実の親も名前も知らない私は、捨て子で置き去りにされたが、養父に引き取ってもらった。

ぼやけてしまった記憶の中に、養母に虐待された映像が時々目の前に浮かび、それと予想もつかなかった兄の裏切り、二度と思い出したくないおぞましい場面が頭から離れることがなかった。

養父以外に、あの家は、温もりを感じる人が誰もいない。今まで暮らしていた花蓮の家には、このような事由で帰れなくなった。

なんだか寂しい気がして、当てもなくただひたすらに歩いていた。

一滴の雨水が、不意に傘の縁から私の首に入り、

「冷たい！」とつぶやいた。

大学新村もさすがに人影が少なくなった。

私は、ある退役した軍人が営む水餃子の専門店で軽く食事を取る。その軍人だったおじさんは、いつも餃子のスープへ、おまけに一つの卵を入れてくれた。

店を出た時には、もう雨がやんでいた。

頭を下げ、足元を見ながら歩き、ふと取り留めもなく空想の世界に飛んでしまっている時、ごとごとと走ってきた靴の音に、はっと驚かされた。

「Why are you here ?」とジャッキーが聞いた。

「ここに引っ越したのよ」私は答えた。

「なるほどね。まだ家に帰らないのか」

「うん。あなたは」

「大晦日とお正月だけは家に戻るよ」

「何故」

「勉強だよ。TOFEL等いくつかの試験を受ける予定だ」

「留学するの」

「まだ決まっていないけど。パトレシアの故郷はどこ」

「家なき子だよ」

「嘘でしょう。育ちの良いお嬢様にしか見えないよ」

「私はマッチ売りの少女だよ」

「まさか」

ジャッキーは顔を私に向けながら、後ろ向きで歩いていた。

やがてジャッキーのアパートが先に見えた。

「僕の部屋でゆっくりと喋りましょうか。冬休みに入ったし」

特に何もやることがないので、取りあえず、ジャッキーの部屋を再度訪問することになった。

この近くにある学生寮と何も変わらないジャッキーの部屋だが、学習机とベッドと簡易な洋服タンスしか置かれていない。

しかし、注目されたのは、ジャッキーはアラビア語で誰かと手紙を交換していたようで、何通かアラビア語で書かれたエアメールの国際郵便がテーブルに並べてあった。

「アラビア語も勉強しているのね」私は珍しく思って、その封筒を手に取って見てみた。

ジャッキーはその手紙を取り戻し、私の手を強く握りしめた。

「パトレシアは僕のことが好きですか」ジャッキーは勉強のことではなく、いきなり予想外の質問をしてきた。

「まだ三回ぐらいしか会っていないじゃない。冗談を言わないで」

「いいえ、冗談じゃないよ。初めて会った時に、すぐにお付き合いしたいと考えた。上品な気質で、抜群なスタイルとサラサラの長い髪が素敵だよ。今まで、この五年間近く、僕は一度も恋に落ちたことがないけど、パトレシアに会った時、一目惚れした。一度でいいから、卒業する前に、この理想的な女性と大恋愛したいと思ったよ」

ジャッキーは身長は高いけど、体が細くて、眼鏡を掛けているせいで、確かに純粋な人に見えるし、育ちのいいように思えた。

しかし、未成年だった私は、何も知らない内に、兄に大事な貞操を奪われたことによって、貞操観念に厳しい社会の中で、深いコンプレックスを持つこととなった。あれから、実は、どの男性ともお付き合いしたいと、一度も思ったことがない。

淡々とした口ぶりで、「不可能なことを言わないで」と言った。

「本当に好きだよ」ジャッキーは突然私を抱き締め、ベッドに押し付け、唇を私に当てた。

私は強くそれに反抗した。

気が付いた時には、キスの仕方が分からないからか、口にひどい噛まれた傷痕があり、私の唇がすごく腫れていた。

○

旧正月の五日目、まだ学校も仕事も始まっていない日に、私は外食に出掛けようとしたが、一人のおじさんがうろうろして、何かを探しているような様子だった。

私はいつもの通りに、うつむいて歩くので、あまり相手のことをじっと見ない。

「莉莉！」と、養父が遠いところで叫んでいた。

「父ちゃん！」

私は走って行き、養父を迎えた。旧正月に家で過ごさないのは、今回初めての経験だし、養父はいつも私に優しいから、何だか心を痛めた。

「何で私の居場所が分かったの」

「分かる訳はないだろう。お前は何もメッセージを寄こさないから。でもね、俺の勘では、きっと大学の近くに住んでいると思ったので、取りあえず、職業柄でパトロールするしかない」養父の言葉に、私は大笑いした。

そして、養父を自分の住んでいるアパートに案内した。

「莉莉、お前は親父を捨ててもいいから、自分の幸せだけは、しっかりと握ってね」養父が涙を流しながらこう言った。

「お前は俺の大陸にいる娘だと思い込んで生きてきたのよ。お前が俺の家の前に置かれた時に、神様に感謝したよ。台湾に来る前に、故郷に置いてきた女房と生まれたばかりの娘がいるのに、中国大陸を奪還しない限り、我ら軍人は台湾に留まるしかない。悔しい気持ちでいっぱいな時に、お前は神様が運んできた宝物だよ」

私はじっと養父の話を聞いていた。

「俺は本当に幸せだったよ」

養父は目を真っ赤にして言い続けた。

「父ちゃん、ごめんなさい」私は両手で養父の肩を抱いた。

養父は手提げから、一つの封筒を取り出した。

「お前が小学校に上がった時に、一通の手紙が送られてきた」と養父がその封筒を私に差し出した。

封筒の裏には、「日本国千葉県船橋市　山崎輝夫」と書いてあった。

「手紙は入っていないの」と私が尋ねた。

「最初から何も入っていなかったよ。封筒の消印は台北だと分かったけど。この封筒はきっとお前のお母さんからのお知らせだと思う」

「というのは、私の実の父は日本人で、実の母は台北に住んでいた台湾人ということかな」と、私はあまり訳の分からない解釈をしてみた。

「お母さんは騙されて妊娠してしまった可能性があると考えられる」養父がため息をついた。長い沈黙の後、養父が私の頭を撫で、こう言った。

「莉莉はすっかり一人前になったから安心した。父ちゃんはやがて六十四歳になるけど、兄ちゃんが養ってくれると言ったから、俺のことは心配しないで、自分の親を捜してみたいなら、捜して再会しても全然かまわないから、莉莉は自分のことだけを優先に考えてね」

「父ちゃん、そんなことを言わないで。私はいつか恩返しするよ。可愛がってくれてありがとう」と、養父を抱きしめて泣き崩れた。

○

ジャッキーは、すごく私に優しかった。彼は卒業する前の年だから授業数が少なく、雨が降る時には傘を、寒いときには自分のジャケットを私の教室に届けたりして、クラスメートが大きな歓声を上げ、二人のことをからかった。

兄との許されない異性関係を結んでしまったことに、ジャッキーに深く申し訳ない気持ちでいっぱいだったが、自分のことはどうやって彼に説明したらいいか分からない。その反面、ジャッキーはそのことに気付かなかったのか、一言も触れたことがない。

七カ国語も話せるジャッキーは、さすがに努力家の気質を持っている。

夜間部の大学生にしては、珍しい贅沢ぶりで、昼は全然働かずに、五年間も昼間部の外国語学部で思う存分に各外国語を楽しんで学び、夜は経営のノウハウを専攻していた。

専門分野では、自ら企業のスパイがいると設定し、苦労して時間を掛け、商業リサーチなどのレポートを作成するのが義務のようだが、安易に教授に渡すものではないと宣言し、単位が落とされてもレポートを提出しないユニークな一面があったことに気づいた。

しかも考えられないのは、学生だから勉強しなくちゃと言って、私を抱きながらも教科書を手から放したことがない。

その影響で、私も第二外国語を、単なる単位を取る手段にせず、ジャッキーを見習って真面目にいろいろな外国語を勉強し、せめて三カ国語ができたらいいなぁと考えた。

ジャッキーは、「これは、僕の親父が日本から買ってきたプレゼントだよ。使い古したけど、君にあげるよ」と、一つのカセットテープを私に渡した。

それは、テレサテンの『空港』だった。

「歌を聴きながら、日本語を覚えるのが一番効果的だよ」

政治的な原因で、日本語を敵性語として、すべての読み聞きのチャンスを政府に排除された影響で、日本語を学ぶには厳しい環境だった中、貴重な学習道具をジャッキーから頂いたことは、ラッキーだと思った。

この大学に入ってからは、鄭さんに出会ったことを始め、不思議なことに、他の専門分野よりも先に『日本語』という言語に触れることができた。

ジャッキーのお父さんは、よく日本に行くと聞かされた。

一九七六年当時、まだ発展途上国にある一般の国民で、外国へ、特に日本へ行く経済力を持つ人は、わずか一握りしかいなかった。よほどお医者さんか堅実な大企業の社長さんでないと、普通は考えられない。

しかし、それ以上のことをジャッキーに聞きたくても、私たちは深い関係を結んだのに、彼は家族のことについて何も語らなかった。ジャッキーの家族、いわゆる宋家は、天にも昇るほどの高い地位にあり、私と彼との間に、想像もできないほど近寄りがたい壁を感じた。

養父から私の出生に関する謎を解く一通の封筒をもらってから、英語学科の授業を受けながらも、実の父親を捜す潜在的な使命感というようなものと、抑えきれない学習意欲で、日本語の五十音を覚え始め、ジャッキーが実家に戻る日曜日にも、いつも外国語学部の図書館で日本語の本を手にとって、勉強していた。

そこで案の定、鄭玉玲と再会することができた。

「随分と頑張ってるね」と、私達はキャンパスの芝生に座り、長々とお喋りした。

「王莉莉のように働きながら、勉強もよくできる人を尊敬してるよ」

「父は老軍人だったから、早く退職させたいと思います」

「私の両親も大陸から来たわよ」と、鄭玉玲が突然興奮した口ぶりで話した。

「祖父は上海で紡績工場を経営していて、共産党が横行し始めた頃、祖母が金塊を両親の洋服の内側に縫い込み、混乱した群衆の中で、何とかして台湾行きの船に乗れた。海に落ちないように、二人の体を紐で一緒に縛っていた。逃げられるなら一緒に逃げ、船に乗れなかったら一緒に海に落ちる覚悟をしたようだ」と鄭玉玲が言った。

その話を聞いているうちに、養父のことを思い出した。

養父は中国大陸を取り戻す職責をはたして、妻と幼い娘を大陸においてきぼりにしてしまった。

しかし一方、若い息子夫婦を優先して避難させるため、大陸に留まった鄭玉玲の祖父母のような人たちもいた。

共産党と国民党の戦争がいつ終わるのか分からない時代に、民主主義の理想を抱いて台湾に逃げ込んだ軍人たちだけでなく、多くの大金持ちや学者達の内心は、実に辛かったと分かった。

また、中国大陸との交流が完全に断絶し、他の国を経由し、大陸に一度でも入境すると、政治犯にされ、帰国する翌日に、大体新聞の一面に誰か学者か、何かの人が高層ビルから墜落死とのニュースが入る。

○

大学一年生で初めて迎える誕生日を前にして、ジャッキーがフランスへ留学に行くことを決めた。

彼はやがて卒業し、私はちょうど二十歳になろうとしているところだった。

あまりにも早すぎる別れに、衝撃が走った。

「フランスに行かないで」と、彼を強く抱きしめて泣きながら願ったが、ジャッキーは私のことを、お母さんに聞いてみるよと言って、生年月日を含め、私の家族に関するいろいろな情報を詳しく書き取った。

養女であることと、兄との恋だけは秘密にした。

それから、だいぶ日にちが経ったが、ジャッキーは何も言わずに黙々と卒業式の準備をした。

更に、大学新村から出て行き、暫く実家に戻ると私に告げた。

不審に思い、「お母さんは何を言ったの」と聞いた。

「生年月日で占いをした結果、僕たちは相剋する運勢だった。留学に行く前に、婚約することを諦めなさいと言われた」

「相剋って、誕生日の相性が悪いということだね。実は、私の誕生日は正しくなかったよ。あれは適当に登記された日付だからね」と言い返した。

「僕の留学費用を出す側の親の言い分に従うしかない。ましてや留学に行く初期費用の三十萬元はすでに支払った」

「三十萬元か。私の五十カ月分の給料だね」

「しかも、修士の学位がもらえるまで、台湾に戻るつもりはないよ」

今から四十年前の当時では、アメリカに行く費用でも、非常に高かった。更に遠くヨーロッパに行くのは、普通の平凡な庶民にとって、とても手が届かない贅沢なことだった。

彼の桁違いの出自は、吹き飛ばされそうな捨て子である私の人生からすると、とても追いつかないものがあると、初めて知った。

しかし、最初にお付き合いしたいと言い出したのは、彼だった。

短い期間の交際で、すぐに留学することを決めるなら、使い捨てどころか、私の心を傷つける必要はない。出会った時と比べ、彼の心境の変化は、非常に理解できないものがあった。

私は、彼の誠実さと勤勉さに感心したに違いがなかったが、彼が大金持ちなどとは思ってもいなかった。

このような大富豪の無責任な口実に悶々とした。

「良い人を見つけたら、僕を待たなくていいから」と、ジャッキーが言った。

その話を聞いていると、自分でも気づかないうちに、彼に背中を向けてしまった。ジャッキーがこんなにクールな一面もあることに呆れた。

今までのことは何だったのかと思うと、涙が止まらなかった。

ジャッキーは、そっと後ろから両手で私の涙に触れた。少し良心的になったのか、私を慰めるようなことを言った。

「基隆の家に暫くいるから、何かあったら会いに来てね」ジャッキーが一枚のメモに、自分の住所と電話番号を書き、私に渡した。

それまで二人が毎日会っていた生活から一変して、彼はすべての荷物を実家に戻した。これから寂しい日々をかみしめながら過ごさなくてはいけないことを考えると、悲しくてたまらなかった。

ジャッキーは単なる平凡な家で生まれた人間であってほしいと、自分の目で確かめたかったので、その一週間後、彼の実家基隆に行くことにした。

基隆駅の改札を出ると、中山一路という道路が大きく広がり、左の方向に向かって歩くと、やがてジャッキーが書いた住所にたどり着いた。

『宋家運輸』という大きな文字が三階建ての建物のビルの壁に、印刷字体で大きく書かれてあった。隣の広い駐車場に、その運輸会社の大型トラック十数台が停まっていた。

一階は運輸会社で、その二階には『宋家貿易』という貿易会社の事務所があり、透明な玄関ドアの内側に数人の社員が見えた。

もっと上の階に上がると、住宅のような構えだった。

ベランダに胸ほどの高さの扉が閉じていたが、ちょうど一人の女性が外出しようとして、玄関の扉が開いた。

「どなたですか」薬指に大粒の翡翠の指輪をはめ、首には純金のネックレスを掛けていた中年の方に聞かれた。

「お母さんでしょうか」

「あなたは王莉莉という方かな」その女性が当ててみせた。

「はい」私は言葉がほぼ出て来ないぐらい緊張した。

「もう彼と別れなさい」

ジャッキーのお母さんは突然厳しい顔で私に説教した。

「あなたのお母さんは先住民でしょう。私たちの経済的な能力と社会的な地位は、とても対等とは言えないと分かってほしい。それと、あなたはね、処女じゃないでしょう。私の息子を騙さないでください。私達宋家には、昔から結婚式の夜、赤いベッドシーツの上に更に白い布を敷き、処女であるかどうかを確かめる習慣があるのよ。あなたは自信があるのかな」と、彼女が機関銃みたいに私を責めてきた。

「母は先住民ではありますが、一生懸命に私を育てました。彼女は世界中で一番尊敬される人物だと思います。先住民とか言わないでください」と、昔養母から受けた虐待を忘れ、私は処女ではないことについてどう触れればいいのか分からないが、取りあえず、人種差別された養母のことだけは、気になって、一生懸命に弁護してあげたかった。

「先住民はお酒ばかり飲んで、歌って踊るから、あなたは厳しい貞操観念をしつけられていないでしょう」と彼女が続けて私の一番痛いところを突いた。

それ以上言い返す言葉を見つける勇気さえ失ってしまった。私はジャッキーのお母さんに深く礼をして、「さようなら」と言った。

すっきりとした気持ちで、ジャッキーの住所と電話番号を書かれているメモを破り捨て、基隆の港を後にした。

大学新村のアパートに戻り、ジャッキーと一緒に撮った角帽を被り、学士服を着て撮った写真も全部ゴミ箱にポイした。

心に大きな穴が空いたように、しばらく放心状態になった。

その空しさから脱出するため、何かをしないといけないと思った。

続けて二回も失敗した恋に、何も考えずにいて、今まであったことを完全に記憶から消してしまい、以前よりも忙しくして、勉強に力を入れると決心した。

〇

新しい学年が始まり、日本語を第二外国語にし、日曜日は一日中図書館に入りびたりになった。そこで時々鄭さんに会うことができ、日本語学科が主催するスピーチコンテストとか、演劇の発表会などの情報を得ることができた。

鄭さんが更に面白いことを教えてくれた。

「ね、国宝って知ってる」

「国の宝？　文化財とか」と私が答えた。

「日本では、大学生の年齢になってもまだ処女の人は、国宝って呼ばれてるらしいよ。しかし、台湾の人は何故結婚式の日に、処女じゃないと駄目なのかな。不思議だね。処女にこだわる理由はどこにあるのかな」

「国宝という話は、どこから仕入れた冗句なの」

「うちの教授だよ。日本に渡らない人間は、国宝という言葉を知らないでしょう」と、鄭さんは思い切り笑っていた。

○

時間が経つのが早く、二年生上半期のピリオドをむかえ、やがてまた旧正月がやってくる。自分の居場所は、養父母と兄に知られたくないので、別の場所へと引っ越した。

前年度と同じく、故郷に戻る気持ちが全然湧いてこなかった。養父のことは懐かしいけど、兄との恋を続けるわけにはいかないので、養父の家に戻らないことにした。

事務室へ成績優秀者の奨学金給付の申請をした後、外国語学部の教学棟の廊下を通った時に、二十五歳前後のヨーロッパ人みたいな外国人男性が、英語で私に声をかけた。

「この掲示板には賃貸物件の情報が貼られていないですね」

「お部屋を探しているのですか」

「そうですね。学生寮の申請は却下されたから」

「この大学の裏にある大学新村の掲示板に、この近くにある賃貸物件の情報がたくさん貼られていますよ」

「この裏？　そこへはどうやって行きますか」と彼は戸惑った様子だった。

「ちょうどアパートに帰るから、ご案内しますよ」

彼は不意に日本語で「ありがとうございます」と言った。

「えっ、日本人ですか。どこから来たのですか」

「沖縄」と、知らなかった地名が突然彼の口からとびだした。

「沖縄は日本のどの辺にありますか」

「一番南にある島です」

「琉球という所ですね。日本語でＯＫＩＮＡＷＡというふうに発音しますね。お名前は何とおっしゃいますか。なんだか西洋人の顔をしていますから」

相手があまり流ちょうな中国語を話せないので、私は英語で彼に質問した。

「大浜と申します」と彼は照れくさそうに答えた。

体格が非常に大きく、太ももは普通の男性よりも二倍ぐらい太く、何かのスポーツをやっているような感じがした。

「まだ語学センターに入学したばかりです」彼がたどたどしい中国語で説明した。

「何故学生寮に入れなかったのですか」私は再び英語で聞いてみた。

「沖縄のせいかどうか分かりません。先程大阪の人が寮に入れたと聞きましたよ」

「それが本当のことでしたら、不公平ですね」と、私の正義感が刺激され、中国語の通じない彼を助けたくなった。

彼を大学新村の民間学生寮には紹介せず、大学の西側に位置している下宿を薦めた。

大学新村でよく見かけた簡易な二段ベッドとは違い、大家さんの自宅の一室を借りる場合、ほとんど上等なベッドが期待できる。

大浜はいったん仕事を辞め、中国語を勉強しに来た社会人なので、日本の物価との格差が激しい当時では、安い物価の台湾に来たのだから、粗末な部屋を借りる必要はないと、計算してあげた。

冬休みの期間中、大学の授業がないので、大浜を手伝った分、晩ご飯をご馳走してもらった。

「YEGO（野口）は、明日遊びに来られると言ったけど、ご紹介しましょうか。彼の中国語はかなり上手いですよ」と大浜が言った。

「野良犬が来るの」私が不思議に思った。

「ああ、いいえ、のぐちのことを言いたかったのです」

「YEKOが正しい発音でしょう」と、私は懸命にお腹を押さえ、爆笑が止まらなかった。中国語の「野口」を言いたかったのに、間違えて「野狗」（野良犬）というふうに発音してしまった大浜が面白かった。

その翌日、野口に会うことができ、更に野口を通して、ある音楽の才能を持つ留学生田中との交流も始まった。

一九七二年二月、アメリカの大統領ニクソンが台湾を裏切って、中国大陸を初めて訪問し、毛沢東や周恩来と会談した出来事を機に、台湾の国内に不安が広がり、一九七六年台湾の大学生がコカ・コーラを投げ捨て、ギターを持ち上げ、英語の歌じゃなくて、自分の歌を作ろうよという社会的な出来事があった。それは、大学生主導のキャンパスソングが流行るきっかけとなった。

世界の政治的な情勢が、だんだん台湾を孤立させた時代に、日本人の留学生田中氏のような青年もステージに立ち、ギターを弾きながら、中国語でキャンパスソングを歌い、台湾の人々を応援する情熱に感動した。

英語学科に在籍していたが、日本人留学生を介して、日本との不思議な縁を結ぶことになるとは、夢にも思わなかった。

特に田中の才能は、まるでスターのように見え、憧れの存在だった。

留学生の中で、沖縄から来た大浜が、誰ともすぐに仲良くなれることは印象的だった。その上、彼は会社勤務の経験があったので、野口や田中みたいに日本の大学で中国語を専攻し、途中一年間休学して来た大学生とは、ひと味違っていた。どこか安心感を与えていた。

しかし、私に接近しようとする大浜をみて、野口が焦ったように私にアドバイスをした。

「沖縄は貧しい島だよ。そちらに行くと苦労するぞ！　沖縄は日本の本土とは全然違う文化を持っている。昔の日本人にとって、彼らは日本人とは思われなかった」

これらの発言は、私にとって重要な情報とは思っていなかった。蒋介石が大勢の『外省人』を台湾に連れて来た影響で、私は小さい頃から中国各地方の食べ物に感動し、違う方言を耳にして育った。多彩な文化を持つ様々な地方の生活様式と違う人種に接触した経験から、『世界は一つ、みんなが兄弟』との理念を深く植え付けられ、国父とされる孫文の『弱者を助ける』思想に、しっかりと教育された。

人種差別のような言動に大反対し、過剰な正義感があり、逆に大浜を助けたい、沖縄の人々を愛したいとの気持ちが湧いてきた。

大勢の人と一緒に交流活動をしていた時に感じたのは、大浜には頭の足りないところがあり、物事ののみ込みが遅く、道に迷ったことがよくあった。それを見ていると、同情心が発動し、保護者気質を持っているせいか、なんとなく手伝ってあげたいという気持ちが強かった。

毎朝アパートからの通勤途中に、大浜が大学の陸上競技場で剣道を練習している姿を必ず見かける。早期退職したが警察官をしていたお父さんの影響で、剣道が四段である他、柔道は二段を持っているという。

◯

旧正月が近づき、家に帰れない私は、実は自分が養女だと、ごく自然に他所から来た外国人である大浜に打ち明けた。

それがきっかけになったのか、大浜の大家さんが、急きょ私たち二人を招待し、ご馳走してくれることになった。

大晦日の夕方に、大浜の下宿に向かった。

暗くなりそうなタイミングで、彼の下宿に暖色のランプがついた。

その風景は、中学三年生の時に、公園のベンチで見たその洋風の家と同じような雰囲気だった。その家には、大家さんご夫婦と彼らの小さな娘さんがいることを想像すると、心が温まった。

その夜、二年とも台湾の風習に反し、旧正月の日に家に戻りたくないと言った私に、「沖縄に来いよ。卒業したら一緒に住もうね」と、大浜は私の手を強く握った。

大浜とお付き合いしてから、三カ月が経った時に、夜間部の日本語学科でスピーチコンテストを開催する日時が決まった。

　必ず日本語学科の学生でないと参加できないというルールはなかったが、日本語を勉学する環境が厳しいその時代に、一年間足らずの勉強で、日本語を専攻する学生に挑戦するのも、たぶん私が初めてのケースであった。

　しかし、野口も田中も私を応援すると言って、台北市内で通学している日本人の女子留学生夏木と交渉し、私のトレーナーになってくれるとの約束をしてくれた。

　彼女の特訓を受ける前に、吹き込まれた録音テープで、何度も何度もそのスピーチの内容を聞きなおし、真面目に練習し、暗記していた。

　スピーチコンテストの当日、知っている日本人の留学生だけでなく、鄭さんと彼女のクラスメート数人も応援しに来た。

　私が発表した内容としては、田中氏を始め、出会った日本人留学生たちに感謝の言葉を述べ、キャンパスソングを通して若者の情熱と理想を見出す運動が追い風に乗ったこと、友好的な態度で、いつも中国語で歌ってくれた田中氏は、非常に素敵な人だとのスピーチだった。

　結局、日本語学科の先輩も参戦したので、一位にならず三位に入賞したが、非常に貴重な経験で、益々やる気になり、日本語の教科書をいっぱい買い込んだ。

田中に対する憧れがあるものの、恋人の対象にはならなかった。

というのは、自分の傷痕を大浜以外の人に見せたり、打ち明けたりする勇気がなくなったからだ。

私の本意ではなかったが、終止符を打ってしまった二つの恋が深く記憶に残っていた。

いずれも納得できない惨めな別れがあり、兄にもジャッキーにも、私を見つけられない遠い所まで行ってしまいたい気持ちが強くなってきた。

これは感情的な問題ではなく、私は本当に一人の男だけを愛したかった。男の人が襲ってこなければ、純粋な私で、自分の好きな人をゆっくりと探せるのに、自分に不利なことを拒否できなかったから、何も知らないうちにすべてが奪われてしまった。そんなむごい結果となるなんて、どうすべきか分からなかった。

もし、兄が兄ではなかったら……。

もし、ジャッキーが「僕を待っていてくれ」と言ってくれたら……、何年間も待ってあげるのに。

当時台湾の社会では、一人の女として、私のような境遇な人は、幸せな家庭を築くのに、物理的には不可能なことになる。よほど運がよく許してくれる男がいたなら、そうとは限らないかもしれない。

一番肝心なのは、大浜は他の人よりも一歩早く結婚の約束をしてくれたので、その恩恵を受け、私は一生涯彼一筋であり続け、これからの人生を捧げたいと決心した。

しかし、その約束は当然大事とは言え、実は、大浜には誰にも言えない秘密があった。彼の母親さえ知らないだろうという悲しいことがあって、どの女性にとっても、我慢できないだろうという事実がある。そのことは私だけ知っている。

でも、それはそれでいいと思った。私が求めるのは裏切りのない平和な生活なので、大浜は、きっと遊び人の兄貴とは違い、私を裏切らないだろう。そして、彼は貧乏な人だからこそ、ジャッキーの母と同じように私の尊厳を踏みにじることはしないだろうと信じていた。

お互いがハンディキャップを持ってこそ、大浜とは、心と心の交流を重視する仲間になるだろうと思い、他の男性を受け入れることを断念することに決めた。

六月の下旬に、学年の期末テストを終え、大浜が再就職するため、そろそろ沖縄に帰ると言った。

野口と田中は、台北にいる夏木と合流し、大浜のために送別会を設けた。

「大浜さんは莉莉さんといつ結婚するの」と、彼らが一斉に聞いてきた。

大浜は私の方を向いて、「卒業したら結婚しようね」と言った。

みんなが大きな拍手をして騒いだ。

「子供は何人作るの」

「五人が理想だね」と彼が答えた。

それは本当にできるかどうかは、想像できない話だが、私の頬は真っ赤になったのが分かった。

貧しい所からやって来たとか、頭の回転が良くないとかと言われた大浜だが、勉強とスポーツが大好きで、おとなしい人だからこそ、それは何よりも大切な選択基準になるのではないかと思った。

過去二年間とも台湾の風習に反し、旧正月の日に家に戻りたくない私に、「沖縄で待ってるよ」と、「卒業したら一緒に暮らそうね」と、大浜が私の手を強く握ったことは忘れることがないだろう。

このわずかな温かい言葉で、生まれて初めて、私があれほど憧れた、あの灯りがともった小さな家に、一歩近づけたように思えた。

第二章　異　郷

予定日を一日過ぎたときに、やっと陣痛がきた。

姑は電話でタクシーを呼ばずに、私を連れ、那覇新港の方向へと歩き、タクシーを探していた。

足が地面を踏むとお腹が痛くなるけど、何も言えずにただただ姑の早い足に追いつくため、大きな重いボールを抱えているように、必死に足を動かした。

「これぐらいの節約は、もう勘弁してくれよ」と思いながらも、歯を食いしばって、姑の行動に合わせた。

異国の地で、初めてのお産に大変なプレッシャーを感じた。

男の子だと超音波検査で事前に知ったとしても、何も分からないままに、親戚や友人が傍にいないこの土地で、やがて分娩台に上がるのは不安な気持ちで、突然誰かに何も見えない暗いトンネルの中に押し込まれたように、恐怖感に襲われた。

保健センターの母親学級で知り合った妊婦さんから聞いた話で、赤ちゃんが生まれる前に、スムーズに母親の産道を通過させるため、お医者さんは事前にナイフであそこを切っておくことがあるのを思い出し、その生々しい痛みを想像すると、体がプルプルと震え、分娩室から逃げ出そうと思ったほど怖かった。

入院する前に一度は陣痛がきたのに、途中から陣痛が弱くなってしまい、医者が陣痛促進剤を使うことにした。

それにしても、産道がなかなか開かないため、自然分娩が難しいと判断され、緊急帝王切開に切り替わった。

長時間にわたるお産との闘いで、体力が完全に尽き、赤ちゃんは私のお腹から出されたときに、泣き声がなかった。

切迫仮死だった。

暫くしてからやっと赤ちゃんの「オギャー」という声が聞こえた。ベッドに寝たまま、手術室から病室へと移動させられているときに、外で待機していた姑が、移動していた病床を追いかけてきて、ほぼ意識不明になった私に、低い且つ冷静なトーンで、

「赤ちゃんは、ちっともお父さんに似ていないね」と言った。

○

台北で婚姻手続きを完了し、配偶者ビザを取得して、やっと那覇国際空港に入境したのは、一九八一年三月四日、二十四歳の時だった。

大学二年生の時に知り合った大浜信介は、私を他の男性に奪われるのを恐れ、三度も台湾に渡った。当時日商岩井台北事務所に勤めていた私を、沖縄に連れて行きたい一心だった。

その後、信介は自ら役所に行き、婚姻届を出したことによって、正式に夫婦になった私達二人の間にできた子供は、なんと信介の母親いわゆる私の姑に、しつこく追及された。

「この子は、台湾で誰かとの間に出来た子供じゃないの？」と無茶な質問をされた。

信介と結婚する前の四年間、数多くの男性からの交際申し入れを拒否し続けた。

当時勤めていた商社の上司古谷課長は、私が沖縄へ嫁に行くのを阻止するため、積極的に社内結婚の斡旋をしてくれたが、実は過去に失敗した恋があり、エリートの商社マンと結婚することによって、知られたくない事実がバレると、余計強いコンプレックスを抱いてしまうだろうと思い、きっぱりと上司の好意を辞退した。

二度と取り戻せないあの薔薇色のような青春時代は、ただ信介の一言「卒業したら一緒に暮らそうね」という約束に、人生のすべてを彼に賭けた。

兄と禁じられた恋をしてしまった罪を背負い、あれから一度も実家に帰ったことがなく、台北でおとなしくヤドカリのように固い貝殻の中に潜り込み、黙々と信介が迎えにくる日まで、仮面を被り、幸せそうな振りをしていた。

再び昔の傷痕を誰にも掘り下げてほしくないことから、母国の人に対し、「私は日本人のボーイフレンドがいる」と見せかけ、社内では、「私は沖縄へ嫁にいく」と言った。

自分にも理解できないほど、すべての良いチャンスを放棄してしまった。

一方、留学生として台湾にきていた信介は、誰ともすぐに仲良くなるので、性格のよさそうな人に見えるけど、沖縄に戻ると、いくら大人になっても、沖縄の門中概念で両親や祖父母の言うことに逆らうことができない。大人になった息子でも、両親にとって、永遠に保護される子供である。

今まで沖縄の嫁としての経験で、振り返ってみれば、まさに噂の通り、沖縄では、血縁のある親族との関わりは永続的なもので、強固に形成されている絆がある。私は他人の娘であり、彼らの親族という群集の中で、夫婦間の話し合いや二人の間の取り決めは、安易に潰されてしまうことが多かった。

皮肉なことに、結婚するまでの長い道のりの中で、日本の大手商社に勤めた経験で成長したことと、歳月と共に日本語が段々上手になったことは、逆に信介との間の意思疎通を難しくしているように感じた。

恋人時代のときから、若者のくせにほぼ毎回中折れしたことを助けてあげた私の好意を、信介の親族は有難い気持ちで受け止めることがなかった。

言い換えれば、その原点に戻り、本来、姑は我らの間に授かった息子に、神様に感謝すべきである。

結婚した当初から疑わしい根拠は、何一つなかったのに、姑は平気で責めてきた。

「沖縄にきてまだ二カ月なのに、何で妊娠三カ月というの?」

姑は、当時沖縄社会にあった普遍的な現象で、単なる台湾の女性に対する間違えた「みんなが売春婦だ」という偏見で、無神経に長年セックスレスを耐え切って、やっと結婚した私の潔白を否定した。

孫ができたというおめでたい気持ちや新しい命に対する愛情をまったく感じ取ることができなかった。

当時の台湾は、実は異性関係には非常に厳しい社会だった。

こんな保守的な社会で生まれ育った私は、沖縄にきてすぐに「コンドームを使おうね」という言葉を、とても夫に発せなかった。むしろ、事前にこのような不幸を防ぐ知恵さえなかった。できちゃった婚とは違い、疑う余地がなかった私の立場では、姑のその非常識且つきつい質問には、どうやって答えるのかも分からなかった。

「予定日は、産婦人科の医者が計算してくれたものだよ」というような返答しかできなかった。

妊娠が確定したにもかかわらず、信介は、逆にコンドームを使い始めた。妊婦にコンドームを使うなんて、このような侮辱に対してもノーという言葉が言えなかった私は、日本語で弁解する能力をまだ有しない当時では、最終的に何の反発も出来なかった。

信介が台湾に留学しにきていた頃、私は彼の優しさを誤認し、結婚願望の夢を膨らませ、二人が協力し合えば、きっと穏やかな家庭を築けると思った。

しかし、あれほどおとなしかった信介は、姑が勝手に作ったその疑惑騒ぎに加わり、「これは、俺の子か」と、私の鼻を指で指して聞いた。

その質問を聞いた途端に、衝撃を受け、信介の実家を出て、道路で走っていた車にひかれそうになっても気にしないほど、狂ったように近くにある新港ふ頭に走っていった。

荒い海風に吹かれ、一人ぼっちで海岸に立った。数台のトラックが海辺に停まっていた。「赤ちゃんをおろして台湾に帰ろうか」と考え、西南の方向を眺めた。その彼方に私の故郷がある。

「近くて遠い国だな～。あちらに私の家があるのに、もう帰れない。帰ったら余計潔白が証明できなくなるし、私は赤ちゃんを殺す勇気がない。那覇は、私の唯一しかも最後の家ではないか」とつぶやきながら、昔の悲しみを噛みしめた。

兄が私を裏切ってから、那覇に嫁ぐまでの五年半の間、強い意志で決め、一度も自分の実家に帰ったことがない。

信介と結婚したことすら、実家にいる養父母に報告しなかった。

ただ、恩返しのため、養父にはすべての貯蓄を送金し、役に立つかどうかも分からない中国語で書かれている一枚の大学の卒業証書と、英文学科のときに使っていた教科書を詰め込んだ二つの段ボールと、少しの着替えだけで国際線に乗り、台湾を去った。

勤労学生で積み重ねた勤勉さと、そのときの若さ、そして希望を持って『白地開拓』の精神で、沖縄の夫と二人で力を合わせ、新しい家庭を築いていこうという約束で、那覇にきたわけだから、これから生まれてくる赤ちゃんのために、私はあらゆる苦難を乗り越える覚悟をしなくてはいけない。

屈辱であれ、虐めであれ、すべての試練を受け止めなくてはいけない。しかし、厳しい現実が待っていることを理解したとは言え、涙をのみ込んで、顔が地面の方へ傾き、泥沼にはまったような足取りで、ゆっくりと新港ふ頭から大通りを抜け、再び信介の実家に戻った。

「赤ちゃんはお父さんに似ていない」と言った姑は、引き続き手術の後に、その麻酔が消えた後の痛さに驚いた私に、「初めてのお産は、絶対に痛くないからね」と、私のことを疑ったような目つきでにらみ、冷酷に捨てセリフを吐いた。

そして、その翌日から病院に一度も顔を見せたことがない。

寂しい異国の病室で、長時間の点滴を受けながら、新生児室にいる赤ちゃんのことが気になって仕方がない。

我が子の顔が見たい。それは唯一の楽しみだった。

しかし、病室を個室にしたのは大きな失敗だったかもしれない。

傍に誰も手伝ってくれる人がいなかった。

点滴が終わり、病床から起き上がろうとしたが、摑めるものが何一つなかった。

緊急帝王切開のため、メスでお臍から下に縦で大きく切られた。

糸がまだまだ取れる状態ではないので、力を入れると相当に痛い。

道理で一人の力では、とても起き上がることができなかった。

手術後、看護師は私のケアをするのがあまり嬉しくないようだ。

個室なのに、もっと充実したサービスが受けられると思いきや、看護師が患部を消毒しにきた時に、嫌がる声で手術後の私に言った。

「下の処理は、旦那さんに頼んでね」

看護師を呼ぶのにとても気を遣った。

何度も何度も力をいっぱい入れ、爪でセメントの壁を摑み取ろうとし、二十分間も掛かって、やっとベッドから起き上がった。

それからお腹の痛みを感じ取らないように、手で強く押さえ、よちよちと新生児室へ歩いた。

やっと会えた我が子は、本当に愛しかった。

まだ生まれたばかりなのに、首に置いてあった体温計のことを嫌がるのか、小さな手がバタバタと、それを外そうとしているような様子がすごく可愛かった。

○

信介の仕事に影響したくないから、会社を休むことに反対し、お昼の時間だけに来てもらった。

しかし彼がくる度に、餓死する直前の乞食のように、私の入院食を食べたり、みそ汁を飲んだりしてからしか私にご飯を渡さない。

「病院の食事は高級そうで、贅沢だね」

産後母体のケアに気を配らず、臆面もなく看護師といちゃついた。

「彼女は怠け者だよ。沖縄の女性と違って全然働かない。毎日家にいる」

「そう〜。私は、子供が二人もいるけど、昼夜関係なく働き、当直勤務もするのよ」

私に不機嫌な顔をしていた看護師は、私の夫である信介に愛嬌をふりまき、親しげな態度を示した。

その風景は、悪夢を見たような感じで、記憶の中にいる信介は、決して目の前にいるような軽率な男性ではなかった。

「子供は五人ほしい」

留学時代に、信介は同じ日本からきた日本人留学生に、その夢を語った。

妻を妊娠させ、妊婦になって産婦になった外国人妻に、まだ退院してもいないタイミングで、私のことを「働かない怠け者」なんて理不尽なことを言う信介に文句をいうと、彼は更にふざけた。

「赤ちゃんのＤＮＡの検査をしよう」

あまりにも唐突な話にショックを受け、激しい咳をしてしまった。

止まらない咳に途方に暮れた私の苦境に、信介はそれを無視したまま、助けてくれない。他人事のように冷たい目で私を見ていた。

手術で縫合された傷に与えた振動で、まさにお腹が破裂しそうな痛みが走った。私は片手で縫い傷を強く押さえ、片手で壁にある呼び鈴を押し、地球がやがて消滅するような感じで、強く鳴らした。

その後、病院の対応はまったく記憶に残っていないが、入院中、一番満足と安堵感をかみしめたのは、赤ちゃんに母乳を飲ませたことだった。

「私はママだよ！」

大きな声で空に向け、叫びたかった。

授乳の時間になると何とも言えない幸せな気分で、他の産婦と同じように、新生児室の隣にある部屋に集まる。

恥ずかしそうにおっぱいを隠しながら授乳していた私に、一人の女性が声を掛けてくれた。

「可愛いね。男の子ですか」

「はい。初めてのお産ですから、何も知識がないんです」

「そうか。私はこれで三回目」

「三人のお子さんもいらっしゃるのですね。大変でしょう」

いたずらして喧嘩した後の小さい子が喉を大きく開け、涙に鼻くそに、きゃきゃと二時間も泣き続けたことを思い出したら、母親になるのが大変つらいことだなと思った。

「いいえ、平気だよ。退院したらすぐに職場に復帰するのよ」

「えっ？」

「まあ、母親が家事を手伝ってくれるけどね」

彼女は自信満々の顔をして、ちっとも主婦だからと苦労しているような感じがしなかった。

沖縄の風習は、私が想像していたものとは全然違った。

かつての上司古谷課長に教わった日本人女性の理想像「夫を仕事に送り出し、家で子供を見守り、家事をこなす」という典型的な固定観念とは、とてもかけ離れていた。

単なる家庭内で良妻賢母になるのは、沖縄ではとても贅沢な話なのかもしれない。

病院で見た風景と今まで出会った女性たちのことを考えると、私は嫌な予感がした。

産婦人科の看護師を始め、入院中のその産婦まで、私はスーパーウーマンの彼女らに比べたら、無能のように見える。

この異国では、ほんのそよ風だけでも、簡単に私を倒すことができるかもしれないと、一瞬に思った。

経済事情がよろしくない沖縄では、女性が赤ちゃんを見守り、家事をこなし、更に外に出て仕事もバリバリ両立させる。沖縄の社会現象のもとで、私は一人だけの力では、とてもこなせないだろうと、かつての上司に予測された。

給料の良い大手企業の奥様になれば、安泰で楽な生活ができるのに、「お前はバカか」と、かつての上司が思ったはず。

古谷課長が熱烈に斡旋してくれた社内結婚のチャンスから逃げた自分の非は、今から思うと、非常に大きかったかもしれない。

○

十日間の入院で、やっとお医者さんの許可を得て、退院することができた。

退院した日、最後の授乳時間に赤ちゃんを見つめながら、唇のジェスチャーであやしていたころ、予想外に信介の妹が迎えにきた。

慌てていて、声が荒かった。

「道が混むから、早く準備しろ！」

まだ授乳中なのに、このようなことを言われるのはすごく不愉快になる。実は、病院から信介の実家まで、直線距離で約二キロしかない。

妹さんの不機嫌な態度にぞっとして、心の中でこう思っていた。

「鬼婆みたいだね」

短気な彼女は、更に怒りが収まらないように、私と赤ちゃんを車に乗せたら、こう言った。

「子供が一歳になったら、仕事をするでしょう。沖縄の女性はみんなそうしているから。これからいろんな出費が発生するわけだから、頑張らなきゃ」

彼女がぶつぶつ言って、交代勤務の夜勤明けだから、我らを迎えにくるのが嬉しくないのだと思った。

信介は自分の車を持っていないため、彼女に頼んだわけだけど、兄貴の立場で、仲良しの妹に何かを依頼しても全然問題が生じない。しかし、他人の娘だった私が、赤ちゃんの出迎えに妹さんまで動員するということは、大変恐るべきものである。

○

退院後、那覇市漫湖公園の近くに新しい県営団地ができ、抽選に当たったので、そちらに親子三人で入居した。

赤ちゃんの世話をしながら、一年後をめどにして、働くにはどうしたらいいのか、沖縄の現状を調べ、どんな仕事をすれば一番いいのかと検討してみた。

しかし沖縄では、本当に零細企業以外に、台湾と同じようにあちらこちらに大きな工場が建ち並ぶというような働ける環境もなければ、外国語を使う大きな貿易会社もなかった。英語を専攻していた私は、英語を教えるには、教員免許がない上に、生徒とのコミュニケーション能力としての日本語レベルには、まだ達していない。

でも、沖縄は小さい企業ばかりとは言え、どの会社にも経理のニーズがあるだろうと私は判断した。

経理と言えば、簿記の知識が必要だ。簿記と言えば、商業高校時代に勉強していたので、日本の簿記検定試験に受かれば、就職には有利だし、基礎のあるものをすぐに沖縄で活用できることを思いつき、嬉しくてたまらない。

思い出せば、大学時代に、商業高校で勉強したことが、働く基礎になって、授業料と生活費を稼いだ。

簿記という知識は、本当に私の救世主になるかもしれない。

そう思い、赤ちゃんをおんぶして、バスに乗って、国際通りにあった書店で簿記の教科書を購入し、自力で勉強した。

簿記に使う馴染んでいない日本語の専門用語を暗記し、試験問題を解き、三級から二級へと順調に検定試験に合格した。

○

赤ちゃんの成長は、とても順調だった。

そして、何よりも助かったのは、だんだん信介の顔に似てきたということだった。

親戚の方も私のために、今まであった疑惑を取り消したのか、「信介君に似ているよ」と騒いだ。

生後三カ月で首がすわり、可愛いなあと思って、丸い籐の椅子に座らせ、クッションをその隙間に詰めて、写真を十何枚も撮った。そして、それを新聞社の写真コーナーに投稿し、我が子は世界一可愛いよ、という証拠を見せたい。

生後十カ月少し前に、一人立ちを始め、歩くことができた。

絵本を見せ、色の区別や動物の名前を教えると、すぐ覚えられることに驚いた。きっと天才だな～と喜んでいた。

こんな可愛い息子と一日でも離れると、心が痛くなるのに、働かなくてはいけない時期になると、保育園に預けるのは、とても想像できなかった。

◯

信介は、結婚する前に、何度も警察官の試験や教員試験を受けたが、いつも二次試験で失敗した。

留学先から戻って来たら、舅に「早く就職したらいい」と言われたので、贈答品販売会社の営業として就職したが、給料が安かったからか、入居した団地は低収入の母子家庭が多かった。

しかも、母子家庭ばかりではなく、二軒隣の家はなんと父子家庭だった。

その家の父親は、お昼時間にお弁当を買ってきているようだが、仕事の帰りは、いつも夜の七時以降になるので、幼い娘さん二人は、いつも私の家の前でウロウロしていた。

この女の子は二人とも大きな目をしていて、半開きしていた玄関のドアから興味津々で、私の息子を覗いた。

「赤ちゃんだ。赤ちゃんだ」と興奮気味で叫んでいた。

「ご飯は食べた？」

二人が揃って、顔を横に振った。

「まだ自分でご飯を作れないのね」

「う〜ん〜？」お姉ちゃんの方は空を見上げ、私の質問に少し考え込んだ様子で、自信のない返事をした。

「何歳かな」

「みゆきは四歳。私は五歳」

「私って、お名前は？」

「ナツキだよ」

「そうか。ナツキとみゆきは、これから毎日おばさんの家に来たら、簡単な晩ご飯を作ってあげるよ」

「ありがとう」

二人姉妹は、嬉しそうに私の家に入り、赤ちゃんを囲んで、遊びの相手にしたり、あやして笑わせたりした。

「チャーハンを作ろうかな」

「ああ、大好き」

二人ははしゃいでいた。

私自身は捨て子だったので、何だかこの二人の姉妹を自分の娘にしたい気持ちが湧き上がり、母親のいない小さい子がお腹を空かせるのが可哀想だと思った。

彼ら二人との出会いは、家族が増えたような楽しさがあった。昼間は、だいたい赤ちゃんを連れ、近くの児童公園に行く。

ナツキとみゆきは必ず私たち親子を追いかけてきて、ベビーカーを押し、息子に赤ちゃん言葉で話しかけて遊んでいた。

ある日に、一人の年配の方が私の座っていたベンチに腰をおろした。

「若々しいですね」

このおばさんは、母親になった私のことを、「お若いですね」と言いたかったと思った。

「いいえ、若くもないですよ。実は私は、台湾から嫁にきたんです。お友達になってくださいね」

ご挨拶を兼ね、国際交流のつもりで、自分の出身地まで言ってしまった。

たくさんのお友達を作りたいのが本心だったが、予想外にこのおばさんは、突然に立ち上がり、「台湾人だと人に言うな！　恥ずかしいから」と捨てセリフを残し、去っていった。

目が真っ赤になった私を見て、ナツキが寄ってきた。

「おばさん、大丈夫？」

沖縄にきてまだそんなに日にちが経っていないのに、周りにいる大人は、私にとって、何となく強すぎて、怖い感じがした。

しかし子供だけは、純粋な眼差しで私に接し、裏切ることがないことと、攻撃してこないことに少し安心した。


一方、信介は時々冷蔵庫を開け、文句を言った。

「食材が減るのが早いね。お前は働け！」

産院で出会った人の話や、大浜の妹の態度から推測してみると、沖縄の嫁としては、たとえ幼い子供を抱えても、主婦は働くのが当たり前のことになっている。

信介の初任給は、わずか十一万円だった。

毎月の家賃、食事代、光熱費と赤ちゃんのミルク代やオムツ代などを引くと、確実に赤字の試算だった。

しかし、時々鼻水が垂れ、母親に見捨てられたナツキとみゆきに軽く晩ご飯を食べさせることは、いくら経済事情がよろしくないと言っても、世話する気持ちは変わりがない。

自分の昼ご飯を節約すれば、なんとかできるだろうと思った。

乾麺一束を数日分で分け、スープ麺を作り、麺の上に味付け海苔だけ載せれば、一食分の昼ご飯は見当がついた。

夫の僅かな給料に知恵を絞り、『五百円玉貯金』という案を思いついた。言い換えれば、夫の収入では、とても貯金が出来ないのに、買い物した後、もし五百玉があったら無理やりに貯金箱に入れ、月末に苦しくなったら、それを取り出してケチケチ使う。そうすると、何とか月に一、二万円が貯金出来るようになった。

貧乏人の節約術を発揮しつつ、最大限の経済効果を追求するようになった。

赤ちゃんの入浴を終えたら、残った水を捨てずに、風呂場やトイレの掃除に使った。離乳食が始まると、みかんを絞ってジュースを赤ちゃんに飲ませ、残ったカスをみじん切りにして、ヨーグルトと混ぜれば、自分が食べる分のデザートになった。

『バナナの実をあなたに差し上げ、私は皮だけを食べる』との台湾のことわざを思い出し、台湾人のおもてなし精神は、小さい頃からしつけられていた。なので、台湾の人は案外家族には献身的だけど、無意識的に自分には非常に倹約している。

異国でまだ慣れていない育児生活の中に、二人姉妹が傍にいてくれたお陰で、寂しい気持ちが慰められ、なんとか穏やかに過ごせた。

団地に引っ越した年の十二月三日に、息子が一歳の誕生日を迎え、同時期に、私は日本の国籍を取得した。

年末年始をはさんでみんなが忙しいので、誰も私が就職すべきかどうかの話が出ていなかったが、毎日地元の新聞紙でチェックし、経理事務の求人広告に目を通した。

○

年明けの二月になると、さすがに沖縄も寒くなってきた。

沖縄の子供たちは意外に活動的で、たくましい。

児童公園には子供たちが相変わらず動き回り、活気に溢れていた。

ナツキとみゆきは、息子を連れ、滑り台で遊んでいた。

私は近くのベンチで、ミステリーの文庫本を手に取って、読んでいたところに、後ろから誰かの声が聞こえた。

振り向くと、一人低く帽子を被っている綺麗な女性がいた。

「こんにちは」

「ああ、こんにちは」

「大浜さんの奥さんかな。この近所の人の話によると、お宅はうちの娘をベビーシッターとして使っているみたいね」

「どういうことですか」

「ほら、ナツキたち」

「えっ、ナツキのお母さんですか」

「その通りです」

「いいえ、彼女たちは、うちの息子と遊ぶのが大好きみたいで」

「ならばいい。でも、私はもうこの二人を引き取るから」

「女性一人で育てるということですか」

「そうだね。水商売をしているから、あまり小さい子を連れていると、仕事の支障になるし、両親ともいないので、今まで元夫に預ける方法しかなかった」

「今だったら、全然仕事に邪魔しないことになったのですか」

「さほど楽な状況ではないけど、ナツキ今年は小学校一年生になるから、私の現住所に移転させないと、中途半端な転校は、あまりよくないと思う」

「でも、お父さんは反対しないのかな」

二人姉妹の父親のことがその瞬間に脳内に浮かんだ。

肌が黒くて、背が低く痩せているけど、辛抱強く毎日のお昼には必ずお弁当を持って、いったん家に帰ってくる。

三つのお弁当を入れるあの重くて大きなビニール袋の方が、いつもご本人の体よりも先に見えた。

「娘のことは、いつもありがとうね」

彼は、私に会う度にいつも頭を深くさげ、お礼を言ってくれた。

お父さんの方は、精力的に二人の娘さんを育てたと思う。

「私はどうしても連れていきたいから、黙っててね」

「相談してから決めた方がいいんじゃない？　だって、女性一人で子供二人を育てるのは大変だし、お父さんが悲しむことでしょう」

「うちの母親も生活していくために水商売をしながら、私たち三人兄弟を育てたから、慣れたよ。しかも母は、昼間は病院の清掃員として働き、夜はスナックのホステスをして稼ぎ、更に休みの日は、化粧品や健康食品を扱って、売っていたのよ。働けばお金が入るから、夫は要らないよ」

「……」

「早く息子さんを引き取って！　私はもう娘たちを連れていくから」

「……」

「ナッちゃん！　みっちゃん！」

彼女は大きな声で、遠い所にいる二人姉妹の名を呼んでいた。

ナツキとみゆきは、恐る恐るこちらに向かってきた。

「母ちゃん」

二人とも自分の母親を認知したので、間違いなく親子関係であるが、「連れていくから黙ってて！」ということをこの二人の姉妹の母親に言われても、私はその父親に報告しないといられない。

ナツキとみゆきの母親が、身勝手に子供らを奪っていくことについて、当時まだ人生経験の浅い私にとって、どちらの味方をするか、と聞かれても本当に何も答えられない。

自分の母国では、離婚して子供を奪い合うことは、一度も聞いたことがないので、この出来事に、かなりの衝撃を受けた。

那覇に嫁いでから、予想外の事実を知った。沖縄の離婚率は日本一ということだった。あの人もこの人もという具合で、多くの人が離婚の経験をしている。そして離婚後、実家の両親とは、相当に親子関係が癒着している。

すぐ隣に住んでいる60代のおばさんも離婚している。その80代の母親はよく団地に会いにきて、未成年の娘のように扱い、あれこれと、いちいち細かく近況を聞いたりして、心配してあげる様子に、20代半ばだった私は本当に驚いた。


団地からナツキとみゆきの姿が消えた後、児童公園で遊ぶのは寂しい気がした。

仕事に行ける準備を整えるため、息子を保育園に預けた。

その間、日本語ワープロを習得するため、富士通の店頭で無料の親指シフトの入力を学んだ。

異郷の地で、息子は私にとって唯一の友人だった。

初めての親離れは、息子には相当につらいことだろうと思った。

保育園の保母さんに渡すと、お化けでも見たのか、きゃきゃと大泣きして、私の服を必死に摑んでちっとも離さない。

まだ一歳半になったばかりの息子が、やっと保育園におとなしく入ることができたところで、那覇市内にある下地公認会計士事務所に正社員として採用された。

仕事の内容としては、当時まだ流行っていないコンピュータの入力作業だった。伝票を仕訳し、勘定科目を正しく貸方か借方に入力さえすれば、後は会計ソフトに任せ、どんな帳簿でも作れる驚異的なシステムを使っていた。

「ご立派な商社に勤めていたから、安い給料だときてもらえないでしょう。他の経理事務員より高い給料で、月十四万円で採用するから、頑張ってね」

香川県の大学で勉強していた公認会計士は、香川の女性と結婚して沖縄に戻り、首里に住んでいたが、運転ができないため、お昼以降しか事務所に顔を出さない。長く本土に住んでいたせいもあり、広い度量で外国出身の私を大目に見ると言った。

しかし、ある勤続三年の若い男性社員の給料は、十一万円しかもらえないことに、社内には大きな反対勢力が現れた。

特に山内という四十代の男性は、他の男性社員三人と事前に話し合い、一致団結して私に嫌がらせを始めた。

「おい〜大浜、お茶！」

山内は毎回外回りから帰社すると、必ずお殿様のように私にお茶を寄こせと言う。このような現象が始まり、一カ月が経とうとしたところ、山内はとうとう最低な計略を出した。

「我ら全社員はみんな実務派だけど、君は検定試験に強いだけで簿記検定に合格しただろう。今日契約してきたこの会社の一年間分の領収書と銀行の通帳があるから、今年度の損益計算書を作ってみな！」

公認会計士に与えられた仕事とは違うが、社内ではリーダー格のように見える山内の命令にも従わないと駄目だと思い、この新しいお得意様に関する説明を受けていないまま、というか、山内は傲慢な態度で私を見下ろし、何も答えてくれない構えをしていた状態で、損益計算書の作成に取り掛かった。

黙々と勉強したものを自分の実力を試す意味もあり、取りあえず、もらった領収書と通帳に記載している出入金から仕訳帳を作った。それから勘定科目ごとに集計し、試算表を作成して、損益計算書を仕上げた。

三時間掛かって出来上がったが、山内に怒鳴られた。

「何もできないじゃないかよ」

勘定科目の仕訳には自信があり、数多くなかった領収書からの仕訳作業に、自分は何かの非があるとは思えない。山内は単に私の能力を否定しようとしたため、事実に反した嘘をついた。

大学時代五年間も、通学しながら黙々と台湾三洋電機の経理部に所属し、卒業後、日本の大手商社に勤めていた私は、上司に褒められた一方で、沖縄ではこのようにからかわれるとは、夢にも思わなかった初めての経験だった。

山内のあの不気味な目つきは、記憶から消そうと思っても、すぐに頭に浮かび上がった。

彼が主導した陰湿且つ悪質なよそ者に対するいじめは、まさに無防備に顔面をパンチされたような屈辱だった。

翌朝、いつもの通りに一番早く事務所に着き、一人で黙々と廊下にある湯沸室で、お茶碗を洗っていた。

お隣の法律事務所の岩国弁護士は、いつもこの時間帯に出社し、元気な声で私に挨拶した。

養父の年齢に近いと思うが、若々しく頑張っている。

山口県出身だそうで、奥様は下地公認会計士と同じ宮古島出身の人だった。親交しているのを知っているため、事務所内のいじめを相談しようと思ったが、なかなか言葉には出なかった。

午前中、会計士が珍しく電話をかけてきた。山内はその電話に応対した。

「ああ、ご馳走になります。中華料理は好きじゃないから、やはり日本料理の方がいいと思います」

その日の夕方、会計士は私に話があると言い、事務所の近くにある喫茶店に案内された。

冤罪をでっち上げられた悔しさがあるから、会計士は私を助けるのではないかと期待していた。

「悪いけど、明日からもうこなくていい」

「えっ？」

「君が辞めないと、他の社員は全員辞めるそうだ」

「……」

「本当に悪いね」

「……」

沖縄に嫁いだ後、いろいろあったけど、一度も涙を見せたことがない私は、ついつい涙腺が崩壊したように、涙が止まらなかった。

納得できないこの突然な不当解雇に見舞われ、自分の人格まで否定されたような感じで、心臓がバクバクと暴れていた。

反抗することができなかった私は、少し考えてから、小さな声で「分かりました」と言い、下地会計士に会釈をして、喫茶店を後にした。

会計士は喫茶店の席に着いたまま、目には何の表情もなく、体をちっとも動かそうとしなかった。

オフィスビルに戻り、いつも茶碗を洗っている湯沸室に立ち止まり、怒りを発散するため、パチャパチャと音を立て、水で泣き顔を洗っていたところ、岩国弁護士が外出先から帰ってきた。

「何かあったの」

目が真っ赤になった私は、頭を更に下げ、言葉が出なかった。

弁護士は心配そうに提案してきた。

「うちの事務所においで」

私は顔を拭きながら、先生の小さな事務所に入った。

「昨日会計士事務所を通った時に、山内君の怒鳴った声が聞こえたけど、それと関係あるのかな」

さすがに人生の大先輩で、一目で私の悩み事を察知してくれた。

「難しい問題だね。会計士は案外高い給料を出さない人なのに、今回の件は、予想外に反発されたね」

「……」

「要は、君が彼らに対抗できるかどうかだね」

「いいえ、私は案外意地悪な人間に弱いです」

「そうか。そう思うなら、転職を考えてもいいのかな」

「……」

「英語は得意だよね。英語を使うチャンスを待っていればいい」

「うん」

「下地会計士に声を掛けるよ。一カ月分の給料を多めに差し上げるよう促すよ」

プライドが高いせいか、出て行けと言われた場所には、二度と戻らないのは私のモットーであった。経理の仕事以外にも、いろいろなチャンスが現れるはず。

「ちなみに大浜さんは、日本人のルーツを持っていない？」

「というのは？」

「日本人の顔をしていますよ」

「本当ですか」

「鼻と目つきは、南国の人とはちょっと違うね」

「……」

ほぼ記憶から消えた養父に手渡されたあの封筒のことを思い出した。私の父親は、山崎輝夫という人である可能性があるけど、得られた情報はそれきりだった。

私の実の両親は誰なのか、追及したい気持ちが一度も湧いてきたことがないから、本当に忘れそうなところだった。

しかし、今更誰かに生みの両親の話をしたいとは思っていなかった。

それより、さっさと会計士事務所から早く去りたいのが一番に考えていることだった。

◯

会計事務所に勤めることによって、信介は私にとって、良きパートナーではないことが余計実感されてきた。

沖縄の共働き家庭では、職場の仕事だけでなく、家事は最終的に女性しかやらないことに決まっている。

男の人は座ってご飯を待っているだけ。

ご飯を運ぶお手伝いさえしない。

「テレビを消して、子供を寝かして」

何度も夫にお願いしても、無視される。

フルタイムで働いての退勤後、息子を迎えたら、一日の苦労がこれでおしまいではない。

スーパーで夕食の材料を買い、保育園のカバンや自分のハンドバッグ等と食材とを一緒に抱え、腕白な息子を抱っこして、エレベーターがついていない団地の四階まで上るのは、気力がないと、とてもやっていけない重労働だった。

そんな中、唯一夫に頼むのは、早く子供を寝かせることだけなのに、天邪鬼の習性が少しずつ暴露してきた信介は、私と正反対な道を歩むのが大好きなようで、私を困らせることをむしろ愉快犯のように楽しんでいた。

協力し合う態度を全然見せてくれず、ひたすらにテレビばかりを見ていた。

会計事務所で差別的ないじめをされたことに、信介は一言も私を慰めたことがない。

「沖縄には意地悪な人が多いね」と愚痴をこぼしても、うんともすんとも言わない彼に苛立った。


「もう仕事をしないから」

「働け！　馬鹿」

結婚する前に言った「子供は五人ほしい」とか「女房を働かさない」とかのことは、全部嘘のように見えた。

そんな思いやりのない夫にがっかりしたところ、ある日、一枚のハガキが自宅に届いた。

北谷町に住む公認会計士事務所のかつての同僚野原さんだった。

「一人のクリスチャンとして、あの日のことを恥ずかしく思いました。何もしてあげられないことに申し訳ない気持ちでいっぱいです。どうかお元気で、沖縄での暮らしを楽しんでください」との内容だった。

○

不当解雇され、再就職するまで数カ月間が経った。

その間に息子を見守りながら、思う存分に近くにある漫湖公園で遊ぶことができた。

公園の南側に国場川が流れている。

川沿いにジョギングコースがあり、昼夜関係なく、走る人の姿が見え、そこだけは平和な雰囲気がした。

そこでは誰も私の存在を気にしないから、リラックスできて、川に面し、ついつい大好きな中国の詩人徐志摩が書いた『さらばケンブリッジ』の詩をそのまま歌にした歌詞を思い出し、オペラ歌手のように、高い声をあげ、思い切り歌っていた。

そっと私は去ってゆく
かつてひそかに来たる如く
軽く手を振り
かなたの雲にさようならと告げ
……

その美しいメロディーと共に、彼方にいるかつての家族・養父母、そして兄を、遠く離れたことが少しずつ脳内に浮かび上がり、今は国場川沿いにいるのは正に夢のように思え、しかし、近くで遊んでいる息子の姿を見ていると、軽く手を振り、過去の私と訣別し、ここで強く生きるしかないと再び認識した。

○

その年の暮れに、英会話ジオスが講師を募集していることを新聞広告で知った。

一人しか採用しないのに、十名もの候補者が集まった。その中に、アメリカ人と沖縄人のハーフが、なんと二人もいた。

中学校三年生までを扱う英語教育なので、適正検査と心理テストなどを含め、大企業なりの本格的な面接試験は、長々と四時間にも及んだ。

福岡本部からわざわざ沖縄校の採用に臨んだ教務主任は、すごく私の英語の発音を気に入ったようで、その日のうちに私の働く意志を確認し、見事に即決された。教室の中で、原則としては日本語を使わないのがありがたいことだ。

システム上では、どの教室も週一回のレッスンなので、月曜日から金曜日の間は、那覇市内の各教室を回り、夜の七時か八時に授業が終わる。

ゆっくりとした午後の出勤なので、夜間保育もあり、特に誰かを頼ることもなく、自ら息子の送迎をすることに決めた。

経済的な事情が厳しい沖縄では、本社が県外を拠点とする企業に勤めるのはなかなか珍しいもので、給料も当然地元の企業よりずっとよかった。

午前中は、息子と触れ合いながら、晩ご飯を事前に作っておくのが日課だった。

週末は、一週間分のあらゆるレベルの教材を準備するのに追われるけど、次の週になると、どの教室を回っても、どの曜日にしても、同じレベルであれば、同じレッスンをするので、大した負担ではなかった。むしろラクチンだった。

大変なのは、私が働かなければ、信介はすべての給料を私に渡すけど、英語講師をして以来、給料を試しの意味で私に渡さなかったりして、更にあれもこれも支払えと言ってきたりした。

結局、喧嘩を避けるため、月十万円の生活費をちゃんと私に渡すことに合意した。

その他にも問題が起こった。数カ月間も夫婦生活を営まなかったのに、信介の両足の膝には畳に強く擦った傷があり、血がついたまま痛々しかった。

最後のエンペラー溥儀は、燃えた妻の願望に合わせるより、コオロギの方に断然魅力を感じていた。セックスレスに耐えきって、彼の傍に寝ていた夫人と同じように、狂った人生を送らされたその苦しみは、私は、十分に理解できる。

精神的な支えをもらえない上に、信介のほぼ性的不能な短所に、じっと愛情を持って我慢してやったのに、夫の僅かにできる分を、他所の女に捧げるのは堪らない。

営業の仕事をしている信介は、半ドンの午後も家に帰ってこない。

ある日に、彼の取引先のお得意様から家に電話が掛かり、彼の行方を尋ねられた。

仕事関係のことを家まで電話するのかと思い、腹が立ったけど、返事をした。

「知りません！」

「自分の旦那の行き先が分からないと言うの。馬鹿だな！」

意味の分からないまま、年月が経った今、やっとその電話の目的を理解した。

当時、私は育児と仕事に没頭したところに、夫は失楽園で楽しんでいたことを、お得意様に見られたはずだ。

台湾に留学しに来た時の信介は、おとなしくて、浮気する人だなんて一度も想像したことがない。結局、土曜日だけでなく、毎晩の夜中三時にしか家に戻らない時期もあった。

私の大学時代の職場は、いずれも日本の大手企業だったから、日本に渡っても違和感がないだろう。寂しくないだろうと、自信満々に思っていた。

しかし、意地悪ばかりされたこの親戚も友人もいない沖縄では、段々寂しさと強い不安に襲われてきた。

仕事に出かけるのと、息子と遊ぶのは楽しいけど、夫である信介との無言の喧嘩は、鬼のような戦いだ。


年明けからずっと那覇市内の教室で勤務していたが、辞めた講師がいたので、四月からは豊見城教室と糸満教室を持つことになる。

特に豊見城教室の人数は相当に多かった。

生徒数は給料にも反映するからありがたいけど、かつての担当講師は豊見城教室のすぐ近くにご自分の教室を開いたので、次から次へとジオスの生徒たちを引っ張って行き、逆に私が持つ予定の生徒数が急激に減ってしまったことになる。

緊急事態になり、さすがにマネージャーも緊張した。

しかし、ジオスの方針としては、裁判で解決する手段を取らないとの回答があったので、目をつぶるしかない。

こんな中、不運にも新型インフルエンザSが台湾で流行しているニュースが飛び交っていた。死者が数人出たほど恐ろしい新型肺炎とも呼ばれるこの感染症は、感染者の咳、またはくしゃみの飛沫を吸引することにより感染すると考えられているため、沖縄の地元新聞『沖縄新報』では、「台湾人の上陸拒否」との運動を熾烈に呼びかけ、石垣島を始め、沖縄全土がマスコミの扇動で、異常な反響を示した。

豊見城教室の小学校低学年レベルのクラスには、体がとても大きい男の兄弟二人がいた。親に教えてもらったかどうか分からないが、よく教室ではしゃいで、乱暴な言葉を私に投げかけた。

「先生は台湾人だよ。台湾人だよ。ハ〜ハ〜伝染病だよ」

教室の規律を守らず、ちゃんと席に着かないままに、大きな声をあげながら、教室の中で暴れた。

差別される言葉を無視し、静かに座りましょうと指示したが、「先生は台湾人だ」と叫び続け、またまた教室で走り回った。

さすがに堪忍袋の緒が切れた私は、大きな声で制止した。

「礼儀正しい子になってもらえないかな。先生のことが気に入らないなら、外に出ていけばいい」

　暫くしたら、二人の兄弟がやっと落ち着きをとり戻し、おとなしく席に着いた。

　しかし、相手は子供とは言え、こんなふうに人を馬鹿にすることと無茶な態度を示すのは、親のしつけに非常に大きな問題があると感じたと同時に、私の心は、実はボロボロになりそうだった。

　沖縄の人は、何故無差別に台湾の人を軽蔑しているのか。

　かつて団地の児童公園で出会ったあの年配の女性に言われたことも、沖縄の普遍的な社会現象ではなかっただろうか。

「台湾出身？　言わなければいいのに、恥ずかしいよ」

　そして、会計事務所に不当解雇される直前の、山内氏のあの「中華料理が好きじゃない」などの発言に、一つ一つのセリフは、ナイフのように深く私の心を刺した。

「台湾の人はみんなが売春婦だと、よく沖縄の人に言われたよ」

　ある親御さんに、私と同じように沖縄の人と結婚している台湾の女性がいて、辛そうに私に訴えた。

「うちのマンションの住民の一人は、毎回私に会う度に、出て行けと、飛び掛かってくる」

　彼女は、毎回泊教室に娘さんを迎えに来た時に、沖縄の人に、よく差別され、理不尽なことを言われたと、私に愚痴をこぼした。

「息子の幼稚園の発表会をどうしても見たいので、パート先に二時間だけ休みを取って、見に行った。息子の出番が終わって、床に座っていた私が立ち上がると、後ろにいるお母さんに、お尻を強くパンチされた」


理屈に合わない「台湾人の上陸拒否」運動の混沌とした状況に陥った中、週に一度のミーティングは首里本校で行われた。

本校の事務所に入った途端に、異様な光景で警察官も入って来た。

「こちらには外国人はいないのか」

金城マネージャーが慌てて対応し、「オーストラリア出身の英語講師がいますよ」と言った。

「台湾人がいるでしょう」と警察官が聞いた。

「いいえ、日本国籍の人しか在籍していませんが」

「ならばいい」と言いながら、納得しないような顔をしていたが、警察官は外に出ていった。

私はマネージャーと目を合わせ、涙をこらえて感謝の気持ちで彼女に会釈をした。

しかしその日に、もっと考えられないことは、石垣島出身の講師一人は、警察官をしている父親の指示で、新型インフルエンザが収まるまで、本校でのミーティングに参加しないと表明したそうだ。

この数年間一歩も沖縄を出たことがない私は、感染者だと思われ、敬遠されたことに、言葉を失ってしまうほどショックを受けた。

四面楚歌に置かれた私に、一人の生徒からの温かいメッセージが、おばあちゃんを経由して届いた。

「大城君、ありがとう」

おばあちゃんの手から受け取った大城君自身が折った一羽の折り鶴を見た途端に、不意に感謝の気持ちをもらした。

「本当に可愛い子だね。嬉しいよ」

「台湾の人はみんな頑張り屋さんだから、尊敬していますよ。病気になった人間は何の罪もないのにね。新聞はあんなに騒いで、先生、本当にごめんなさい！　是非続けて頑張ってくださいね」

長い間、このような愛情をこもった言葉を聞いたことがない私は、どのようにしておばあちゃんにお礼をしたらいいのか分からない。

そして、まだ小学校二年生だった大城君の優しい心遣いに「いい子だね。いい子だね」としか言えなかった。

大城君のおばあちゃんの慰留もあったが、現実的な問題もある。

教室が那覇市内に留まっていたならいいけど、予想外な転勤と不意な災難で、私の生活設計がいきなり狂ってしまった。

人為的な原因で生徒数が急激に減った半面、通勤時間が長くなり、幼い息子を迎えに行くのも遅くなったデメリットが出てきたから、考えた結果、私は辞職願を提出した。

教務主任は、私を説得するため、急きょ福岡本部から沖縄に出張することとなった。

結局、教務主任の熱意に応えられないのは申し訳ないと思ったが、息子のためでもあったので、ジオスを去ることにした。但し、約束した通りに、辞める時期は三カ月後にした。

高校時代から勤労学生として励んできた。仕事の面に関しては、ずっと順風満帆とも言えるが、沖縄に来てから、突然天国から地獄に落ちた感じで、何でもかんでもバッシングを受けざるを得ない状況にさせられた。

その苦しさは、誰に訴えればいいのか分からない。

夫に愚痴をこぼすことすらできないのが辛い。

寂しい異国で更なる酷いいじめに遭って、その鬱憤晴らしの出口を見つけないと、溺れてしまうから、誰に文句を言うかと考えて、大学時代の友人鄭さんのことをふと思い出した。彼女は日本語学科出身なのに米国にいる。私は英語学科を卒業した人なのに、日本というか沖縄に来ているのは、面白い。

手紙は当時唯一の庶民的な通信手段なので、国際郵便を送ろうと考え、郵便局へ切手代のことを聞いてみた。

「知るか！　そんなことは」

切手を売るのは郵便局の仕事なのに、アメリカに送るエアメールはいくらの切手を買えばいいのかと聞いただけで、男性の郵便局員に怒鳴られた。

大学時代から日本人と長年仕事をして、日本人の習性や好みは大分熟知していると思っていた。また、日本人の上司たちに良い評価をされたり、褒められたりすることに慣れているのに、これまで沖縄での出来事は、正に悪夢のように見える。

嫌なことばかりに遭遇して、重い気分になったが、とりあえず、仕事の選択肢を増やすため、暫くコンピュータ学院に通い、新しい日本語ワープロのソフトと表計算を勉強することにした。

大学時代ＣＯＢＯＬ言語を学んだことがあるけど、時代と共にパソコンが早いスピードで、どんどん進化していくため、追いつかないといけないし、常に時代の最先端にいたい気持ちが強いので、誰よりも先に新しいソフトを勉強しておきたいと思った。

それから、公園で息子が遊んでいるのを見守りながら、英語の本も手から放したことがない。

息子の運動神経は本当に優れていると、赤ちゃんの時から思っていた。発育は同年齢の子の平均よりもずっと早いし、三歳になって、自転車をこぐのが大好きになった。

ある日に、漫湖公園の噴水池の近くで、私が他所のことに注意を逸らしたところに、周りにいるお母さんたちが大きな歓声をあげた。

振り向くと、我が息子が小さな自転車と共に噴水池の周りを囲む石堤に上がり、幅約三十センチしかない高台で、速いスピードでグルグルと噴水池に沿って回っていた。

私の息が止まったかと思う瞬間に、息子は何事もなかったかのように、余裕な顔で噴水池から降りた。

「天才だ！　あいつは天才だ！」

通りかかった何人かの女子高生が大きなため息をついた。

その背後に立っていた私は、満足気で我が子に微笑みを送った。

第三章　莉莉泣け

息子が沖縄の血を引いている以上、私はいくらいじめられても、沖縄のことを如何に愛し続けるのか、大きな課題となった。

かつての戦争で、那覇の町の九割は焼失したためか、緑が少なく、寂しい風景とも言える。また、そもそも大自然の資源もなく、産業は殆どないので、ここでは何かの起爆剤を発見しないと、沖縄の経済発展につながるものがないと私は思った。

ある日、コンピュータ学院からの帰りに、偶然に通りかかった「やちむん食堂」が目に留まり、入ることにした。

大好きな麩チャンプル定食を注文した。食事が運ばれてきた時に、感動したのは、料理そのものより、沖縄の焼物（やちむん）だった。

お店の人は窯を持っているのか、壁一面の棚にいろいろな陶器の湯呑み、お碗、皿と鉢などが飾られている。黒っぽい色彩ではあるが、落ち着いた情趣があり、職人さんの技が感じられる。

食堂に使う食器は、すべてが手作りだと一目でわかる。どの器も素敵で愛しい。食後に出されたコーヒーはそのカップも、個性美に溢れた自由な空間を心地良く演出し、コーヒーの味を引き立てるように温かく味わえるようなしっとりとしたデザインだった。

その日のうちに、『琉球タイムス』の随筆コーナーに『琉球新発見』という記事を投稿し、沖縄の陶器を絶賛した。結局、外国人の名前で書かれた記事のためか、それに対する反響は案外熱烈で、私は、その後も引き続き『沖縄の産業』というテーマで、何回か新聞に私のアイディアと意見を発表した。

二カ月後、ある印刷会社の部長さんから電話が掛かってきた。

「沖縄のガイドブックを作成するので、中国語の翻訳をお願いできませんか。一連のテーマは、琉球発見というシリーズですよ」

それをきっかけに、沖縄の『観光立県』との呼びかけが始まり、沖縄の観光産業の成長を遂げていく動きが見えてきた。

当時、中国大陸の人はまだ日本に来られない時代であった。台湾の人がいるとしても文章力があるかどうかの問題もあり、外国人で沖縄の新聞社に投稿した人は、滅多にいなかったこともあって、沖縄の人にとって、かなり刺激になったと思う。

翻訳業界のパイオニアとして、印刷会社の仕事を受けつつ、再就職の準備も整えたところで、更に新聞社を通して、ある県議会議員から応援のハガキを頂いた。さらに私の手に入ったもう一通の手紙があった。

ある台湾の華僑からの要請だった。

「一九七五年に開催された沖縄海洋博で、沖縄の観光産業の基礎が築かれました。その後、所謂『海洋博ショック』が訪れ、客室の稼働率が悪化した一方、乱立するホテルが相次いで倒産し、更に県内の倒産件数も史上最多の百五十件にも上りました。観光産業に対する見込みや計略を間違えたと見られます。立ち直るには、如何に沖縄を売り込むかがテーマでした。今のところは、よりシャープなアイディアが必要だと思います。私は現在旅行業で起業する予定をしています。旅行業免許の登録などはまだ進行中ですが、是非お力を貸してください。よければ、弊社で働きませんか。ご協力が得られると嬉しいと思います」との内容だった。

働くことが大好きな私は、新聞社に投稿して以来、かなり運勢がよくなってきた。

早速、華僑の方に案内された旅行社の住所へ面接しに行った。

松山一丁目にあるオフィスビル内に事務所を置き、まだ内装の工事中だったが、受付カウンターがあり、そちらが面接の場所となった。

想像よりも若く、三十代前半の精悍な男性だった。

社長は私が渡した履歴書を見た途端に、非常に驚いた表情というか、喜んでいるような顔をした。

「旦那さんのことを知っていますよ」

「ウソでしょう」

「大学時代の同級生です。台湾人と結婚したと聞いていますよ」

「えっ、本当ですか」

「郭宏明（グォホンミン）だと教えたら分かりますよ。カクと呼ばれていたけどね」

まさかのこととは思うが、那覇は本当に小さな町なので、同年代であるなら、名前を言えば大体知っているのも不思議ではない。

「やり手ですね。主人はどうやって儲けるのか、一度も考えたことがないみたいですよ」

「いいえ、みんなそれぞれの長所があるから、大浜は剣道四段を持っているでしょう。私は武術が苦手です」

同じ台湾出身なので、面接というより雑談の方が盛り上がって、お互いに遠慮もせずに、個人情報をいっぱい交換した。

郭さんは小さい頃から、貿易に従事するご両親と一緒に沖縄に移住し、沖縄のことは当然のことながら熟知している。三十歳すぎてもまだ結婚しないことに、両親が焦ってしまったので、スナックで知り合った長嶺という子連れのシングルマザーと結婚した。相手の父親は那覇市の市議会議員なので、今回旅行社の設立には、相当なコネを利用しながら、進めているそうだ。

考えたこともない業種の職につき、なんだか興奮気味になってしまったが、中国語と日本語を両方活用できる仕事を任せられ、充実感を抱いた。

台湾からの観光客を受け入れるインバウンド業務だったので、主な責務としては、観光客が日本滞在中の県内ホテルの宿泊や観光バス及び観光地の入場券や食事などの手配を担う。

郭さんはご自分の独自なルートがあり、台湾の旅行社との契約は順調に獲得している。

奥様は経理の担当なので、用事がある時しか事務所に来ないけど、いつも一歳半の娘を連れて来た。

旅行社に登録している台湾出身の添乗員は十数人いて、ツアーのコンダクターにあて、更に団体旅行の観光客に化粧品や健康食品及び地元のお土産等のセールスをやっているので、ガイドの収入は、日当よりも売り上げから得たマージンの方がバカにならない。

その当時の台湾は、日本の物価との格差が、かなりかけ離れていたので、日本の本土に行くより、沖縄のツアーの方が安い料金で済むから、ニーズは相当に大きかった。

爆買いの現象は、実は、その当時からあった。しかし、沖縄の人にとって、それは歓迎されるものではないようだ。

ある日に、郭さんは私にあることを依頼した。

「グループ観光の割引を利用して来ているお客様の中に、沖縄の常連とも言えるわけだけど、団体行動ではなく、買い物したいという観光客がいるから、車で案内してあげて」

頼まれたこの二人のセレブのマダムは、恐らく郭さんの知り合いだろうと思い、勤務時間内だし、言われた通りにお客様の行きたいところを何箇所か案内した後、ガソリンスタンドでガソリンを入れた。店内でお客様を待たせていたが、この二人のセレブおばさん観光客が棚に並べられている車の香水を指で指した。

「安いね。全部買うけど、もっとある？」

私がその旨を日本語で店員に伝えると、店員の顔は嬉しい表情ではなく、軽蔑と驚きを交えたものだった。

「いいじゃないですか。お店は大儲けになるから、在庫を全部出してあげた方がいいかもしれません」

その話を聞いた店員さんは、納得した様子ではなかった。

「いいえ、それは無理です」と言われた。

「どうして無理ですか。あるなら、全部売った方がいいじゃないですか」

「なんだよ！　この人達は車の香水を見たことがないの」

「多分親戚や友人に一人一つずつ、お土産として買ってあげるのではないかな」

「無理と言ったら無理だよ」

店員さんはさすがに怒ったような感じだった。

「ごめんなさい。在庫がないそうです。棚に並べられているものだけを買えばいいのかもしれません」

その二人のセレブおばさんは、日本語が分からないだろうと思い、店員さんの失礼な態度を、いいように解釈してあげ、悲しい思いをさせないようにした。

あれから沖縄を訪れる観光客が増えたが、いろいろなトラブルも多発した。

「おい、大浜！　お宅の宿泊客は大量のゴミを出したよ。台湾人は、みんな一から教育してやらなくてはいけないなあ」

「どんな状態なのですか」

「ほら、お土産の包装紙を外して部屋に置き放しにしているのよ」

「そうですか。申し訳ございません。彼らは買い物しすぎて、持って来たスーツケースに入り切れないから、要らない紙を外したのだと思います。まあ、ゴミ袋をたくさん用意してあげてください。そちらのホテルにまた宿泊客をいっぱい送り込みますから」

不機嫌な電話を受ける度に、沖縄に経済の活気をもたらした台湾の観光客が可哀想だと思った。

「おい、大浜！　チェックアウトした時に、部屋のタオルを持ち帰りしたお客さんがいたよ」

「そうですか。申し訳ございません。でも、何かの勘違いがあるかもしれません。彼らは高額な旅行費用を使っています。コストは僅か百円ぐらいのタオルを持って帰るのも、よほどそのタオルが気に入ったからかもしれません。タオルは消耗品だと思って、ご勘弁ください」

次から次へとAホテルからのクレームがあったので、私はいつも親切に対応してくれたパシフィックリゾートホテルに宿泊客を送り込むことにした。

それればかりではなく、添乗員からのクレームも相次いだ。

「台湾の観光客が気に入らないようで、バスが走っている途中、運ちゃんが乱暴な運転をして、何回も急ブレーキを掛けた」

「酷いなあ〜」

「今、観光客が海洋博記念公園の玄関口付近に座り込んでいて、バスに乗らないと抗議をしている」

「大変なことになったね。どうする予定ですか」

「運ちゃんに謝ってもらうしかない」

「分かった。バス会社に連絡してみるね」

地元の習性がよく分かっている社長としての郭さんは、冷静な態度ですべてのことを見つめていた。

観光コースの中に、必ず平和記念公園が入っている。

「B土産品センターの品揃えを見てきて」

郭さんはきっと何かの企画をしているだろうと思い、私は指示された通りに、糸満市に向かった。

記念公園に着き、その真正面に該当する土産品センターがすぐに目に入った。

午前中のやや早い時間帯に着いたので、買い物をする観光客がまだ入っていない。

私は現地見学の役目を持っているので、真面目に一つ一つの商品に細かく目を通し、どんなカテゴリーがあるのかもチェックし、頭で暗記していた。

そうすると、一人の店員が私の傍に来て、いきなり私に体当たりした。あまりに力が強くて私にぶつかってきたので、転びそうになった。

顔を横に向けると、目が大きくて眉毛がすごく濃い私と同じ二十代後半の女性店員がいた。

唇のまわりと両手も毛深かった。その上、両足にも毛がビッシリと生えているこの悪魔のように見える女性は、私を睨んでいた。

沖縄では、あり得ない出来事にもう慣れてきていたが、心の底の部分に、昔養母に虐待された記憶が残り、暴言よりも、暴力の方が私のプライドを傷つけてしまう。

「観光客をいっぱい連れて来てあげる予定なのに」

自分の心の中の怒りを爆発させたかった。

土産品センターのこの店員は、単に相手は台湾人ということで、無差別に体当たりしてきたのだろうが、大変野蛮な行為だ。

美人だとよく言われ、沖縄に来た当初、白いワンピースを着ていて、恩納村の海岸沿いに偶然に出会った本土からの大学生グループに、「プリンセス！　プリンセス」と呼ばれながら、追いかけられたことがある。しかし、嫌われるような格好をしているわけでもないのに、体当たりされたことは、あまりにも意外な出来事だった。

私が旅行社の社長であるなら、あなたの土産品センターを使わないに決まっている。でも、とりあえず、屈辱を忍んで、何も文句を言わずに、このお店を後にした。

こんな嫌な出来事を信介に言っても、励ましの言葉はもらえないだろうと思い、暫くその不平不満から生んだ苦しみを、一人で噛みしめていた。

息子は段々大きくなったが、仕事から帰ってきても、家にはいつも我ら母子二人しかいない。

信介は、近所の小学校に頼まれ、月水金は小学生に剣道を教え、火木土は自分の稽古に励んでいる。それは本当のことかどうかもわからない。本人が淡々と言ったけど、共働き世帯で、まだ幼い自分の大事な息子のため、子育てに大奮闘中の父親が何かの責務を果たさないといけないのは知っているはず。なのに、他人の子供のために、毎日剣道で忙しいというのは、納得できなかった。

「早く家に戻って、子供に何かを教えてやってください。私たち親子は母子家庭みたいなものだよ。仕事から帰って、家事労働に忙しいので、憲一とスキンシップする時間がない。私は親戚も友人もこちらにいないから、あなたに頼ってるのよ」

しかし、教育の問題に関しては、どんなに大義名分で説得しても、完全に信介に無視された。

こんな中、ある日、保育園へ息子を迎えに行った時、新しい担当に変わったことを知った。

新人の保母さんが息子を玄関口に連れてきた。

ご挨拶のため、私は心を込め、保母さんに頭を下げ、よろしくお願いしますと述べたのに、向こうは目を逸らし、顔を他所に向け、何の返答もなく、中に入っていった。

それ以降、毎回のお迎えは、保母さんは他の親御さんには「お帰りなさい」と丁寧に挨拶するのに、私に対しては、絶対にその言葉を使わない構えで、息子を私に渡すだけだった。

ある日に、息子から驚く話を聞かされた。

「先生は僕を蹴飛ばした」

「えっ、本当」

四歳になった息子は泣きそうな顔をしていた。

その後、数日が経って、息子の両足の足の裏に不思議な傷痕があり、血が付いていた。保育園で、何かによる極度の緊張感があって、自分の手で自分の足の裏を必死に掻いた結果と見られる。

結局、その不気味な保母さんがいることを思い出すと、長男にとっては、この保育園は絶対によくない環境だと認識し、保育園を換えるまで、自分が息子を見守るしかないと思った。

個人経営の小さい保育園より、公立の方が保母さんの資質が絶対に信頼できると思ったが、公立だと延長保育がないので、六時までに息子を迎えに行かなくてはいけないという難題に直面した。一般の事務員さんの退勤時間は六時だということを配慮しなくてはいけない深刻な問題なのだ。

郭さんに相談したら、残業が多少あるこの仕事は、六時前に退勤するのは、少し支障があるかもしれないと言い、新しい手配担当の事務員さんが見つかるまで、暫く奥様に業務代行させ、私が離職することを許諾してくれた。

まさか母親は台湾人ということで、息子まで被害者になるとは、思わなかった。

悔しい気持ちが段々強くなってきた。私はブスではないし、デブでもない。嘲笑される理由は何一つない。大学時代に、優秀な成績でよく全校生集会の時に、学長から奨学金をもらった。

クラスメートの羨まし気な眼差しは、いまだに忘れられない。また、かつて勤めていた日本大手商社の上司達も、私のことを「責任感が強い」等の言葉で褒めてくれた。それなのに沖縄の社会では、いつも上から目線で私を見下し、何か尊敬されるべき理由があったとしても、無理矢理に劣等感を持たされ、「台湾人だから、恥を知れ!」「ひっこめ!」みたいな態度で追い込まれる。こんな待遇には、どうも納得できなくて悶々とした。

息子により良い環境を確保する目的もあり、保育園の閉園時間に合わせるため、退勤時間は柔軟的に対応してくれる国際通りにある大きな土産品センターへ面接しに行った後、駐車場から車を出し、沖縄銀行本店前の通りに入り、再び国際通りの方向に戻った途中で、赤信号になった。

バス停を通過したところで、前方の車列が詰まっていたため、ブレーキを掛けた。しかし、車の後方部に大きな音がし、左側の後方部をバスに追突されたことが左のサイドミラーで分かった。

交通事故にあった時には必ず警察に通報することと信介に教わったため、車を止め、近くの道沿いにある公衆電話から一一〇番に通報した。

しかしパトカーが来る代わりに、一人の中年警察官が歩いて来た。

私の運転免許証を見せて下さいとも言わずに、この警察官はバス運転手の名前を聞き、連絡先を運転手と交換し、事件処理は、これでおしまいだ。

口を大きく開いて閉じられなかった私に、運転手が大きな声で指示した。

「おい、早く行け」

不思議な出来事で不公平に思った私は、車を止めたままにしたが、運転手は複数回クラクションを鳴らした。主要道路なので、少しの停滞でもあれば、道はかなり混んでしまうので、仕方がなく、車のエンジンを掛け、嫌な思いでその場から去った。

予想もつかなかった人種差別が激しいこの土地で、すべての鬱憤を一人で抱え、処理できるような出口を見いだせないままに、悲しみや怒りを体の中に溜め込んでしまった。

時々泣きたい気持ちがあったけど、泣けない自分にどうしようもなかった。

仕事が決まり、息子も順調に市立保育園に入ることができた。後半年ぐらいもすれば、幼稚園生になれるのを楽しみにしている。

当時の国際通りは、日本本土からの観光客よりも、台湾人観光客の方が多かった。基地が点在しているため、アメリカ人も時には見かける。

私は三カ国語で、お土産の販売に当たる店員として採用された。

オーナーは名古屋出身の方で、沖縄の女性と結婚している。子供が三人もいるそうで、いつも午後五時半になると、息子の保育園の送迎時間を気にしてくれる。

「お迎えの時間だよ。もう帰っていいよ」

市立保育園の保母さんは、意外と気さくな方で、息子の前でよくほめてくれる。

「お母さんは頑張り屋さんだね。憲一君も格好いい子だよ」

赤ちゃんの頃から反射神経がとても優れた息子に、早くも何かの武術を学ばせようと思い、信介に相談した結果、家の近くにある空手道場で体験レッスンを受けさせた。五歳から空手教室に通わせることが可能なので、空手着を先に買っておいた。

小さい子供用の空手着をハンガーに掛け、神様を拝むような気持ちで見ていると、息子への夢が大きく膨らんだ。

体験レッスンは二回できると聞いた。信介が連れていったが、二回目の帰りのお迎えは、どうしても息子の英雄のような姿を見たかったので、空手道場へとお迎えにいった。

まだお稽古の時間が終わっていないので、私はつま先立ちで静かに廊下を歩き、教室の中を覗いていたら、トレーナーが大きな声で怒鳴った。

「誰のお母さんだ？」

「ああ、大浜憲一だけど」

「授業料を払わないのか」

「あ、主人が払いますよ」

「ふざけんな！」

道場の中で稽古していた年長児達はみんな動作が止まり、こちらの方に顔を向けた。

その時点では、誰々のお母さんということよりも、一人の外国人が排除されたという雰囲気の方が強かったので、悔しかった。

私は頭を低く下げ、廊下から逆戻りして、無言で外に出た。

今までの人生の中で、これは最も恥をかかされてしまったアクシデントとも言える決定的な事態となった。

私自身のことはいじめられても、差別されても、すべての不公平を受け入れるつもりでいるが、息子に立派な武術を覚えてもらい、恰好いい男になれとの願望は、結局、母親は外国人ということで、道場に入ることさえ支障があり、夢は泡沫のように消えてしまった。

これは、息子の教育上のためを思い、息子と離れた方がいいと決断するきっかけともなった出来事だった。

その後、息子は一度も道場に行きたいとは言わなかった。

希望と愛情を持って、折角買ってきた空手着も、何時、どのように処分されたのかも、記憶には全然残らなかった。

幸い、息子は意外とユーモアのセンスでお友達と遊び、人を笑わせるのが好きで、すごく人気がある。

腕白な男の子だから、ウルトラマンのおもちゃをいっぱい持っている。ベーターカプセルの赤いボタンを押して光らせたり、両腕をL字型に構え、「シュワッ」と掛け声を発したりして遊んでいた。

私は久しぶりに再就職し、今までと違う職種を体験し、特に販売職に就くことにかなりウキウキしていた。

新しい仕事の中で、一番勉強になったのは、包装紙を使って貝殻や飾りなどのお土産品を綺麗に包装することだった。

但し、急に大人数のグループが入店すると、お土産を包装したり、まとめたりするのは、一刻を争うようになり、正に戦争のような忙しさだった。

暇な時もあるけど、リーダーの嘉数さんを含め、他の四人の店員が大概集まって雑談する。私は勤務中に、私語禁止との職場マナーを昔からしつけられているので、たいていは遠いところに立っている。

彼らは、暇つぶしに必ず何かの話題を盛り上げていく。

「ね、台湾に行ったことがあるけど、お土産を買って！　って、台湾の人はかなりしつこく売り込みに来るのは何故だ？」

「まあ、みんな頑張り屋さんだからね」

「ハエがいたよ。ハエ！」

「おぉ？」

「台湾の人は、掃除しているの」

「しないと思ってんの」

私を喜ばせるような質問ではなく、次から次へと友好的ではない内容で攻められ、不愉快な気持ちになった。

同僚間の会話は、海外旅行というジャンルに入った以上、もっと面白い体験を発表したり、もっと旅先での楽しい出来事を話したりすれば、みんなは幸せになるのに、彼らは何故その法則が分からないのかなと、不思議に思った。

沖縄に来た当初、信介の弟は自分の鼻を指しながらこう言った。

「我等はジャパンファーストだよ」

私が妊娠していた頃、信介の実家に遊びに行った時も、家事の分担の義務はないのに、妹さんはいきなり掃除機を持って来て、お腹がかなり大きくなった私に、理不尽な理由をつけ、強制的に掃除をさせた。

「台湾にはこんな先進的なものはないでしょう」

こんな非常識な考え方は、年配の方は余計に持っている。

ある日、調理器具の販売業者が料理教室をやりながら、セールストークもする予定で、近所の友人が呼ばれて、姑の台所を実演販売の場として姑の友人が集まった。

料理の実演に目を向けたところ、あるおばさんが突然おたまを持って、妊婦だった私のお腹を叩き始めた。私は逃げたが、また追いかけて来て、再びおたまで妊婦のお腹を叩いた。このような沖縄でしか見られないことをいっぱい体験させられた。

婚姻届を出しただけでは、ことが済まないぞ、と信介の父親が言ったので、披露宴が強引に私が妊娠六カ月の時に行われた。お腹が大きいから赤ちゃんのために着物は避けてと懇願したが、無視された。

着付けのおばさん二人は赤ちゃんを殺す気か、力を合わせ、帯で私のお腹を強く縛った。結局、着物を長時間着ていたせいか、結婚式が終わると胎動が急になくなった。

このような一つ一つの出来事に、味方のいないこの異郷で、次から次へと遭遇し、精神的なダメージを積み重ねた一方で、誰にも支えてもらえないのが辛くてたまらないと思った時がある。

むしろ、沖縄にきていた当初から、このようないじめや差別が原因で、私は少しずつ心が崩れ始めていたのかもしれない。

思い出せば、折角のご縁なのに、公認会計士事務所の同僚には、私にもっと優しくして下さいなんて言えないけど、せめて信介のご両親や兄弟、そして友人や親戚一同が、私のことを認めてくれれば、次の悲劇が発生しないのかもしれない。

信介は、私を沖縄へ嫁として強引に引っ張った以上、私に不利な要素や生きにくい環境を事前に予測し、排除しなくてはいけないのに、ご両親の意見ばかりを聞き、私の境遇を完全に度外視した。

「沖縄の人にいじめられた」という表現をすれば、妻を守ってやろうとは考えず、信介にとって、自分の同胞のことを批判されたかのように、「ガーガー言うな」と不機嫌に言い返される。

息子が生まれた直後から、毎晩夜泣きが酷くて、私は最初の四カ月間は殆ど寝ていないとも言えるほど過酷な状況にいた。育児の知識がほぼゼロだったし、傍に助けてくれる人もいない。そうすると、赤ちゃんが寝たら、私も時間を問わずにすぐに寝る。

しかし、姑から一度偶然に朝の七時に電話が掛かってきた時、私は寝ているような声をしていたので、「寝ているのか」と聞かれ、「赤ちゃんがずっと泣いていたので、眠れない」との返事をしたら、その翌日から一週間、姑が毎日朝七時に必ず電話を掛け、寝ているのかと聞く。出欠を取るように、必ず確認の電話が掛かる。

「お母さんに、電話を掛けるのをやめて、と伝えて」

「俺が言えるのか」

私の健康状態や育児の負担などを完全に考慮してくれない上に、姑の理不尽な行動にひとことも言ってくれない旦那がいるのは、相当に厳しい婚姻生活だなと感じ始めた。

「沖縄は田舎で、貧しい所だよ。嫁に行くなよ」

田舎の人だからこそ、優しくおとなしい人ばかりだと思い、沖縄へ嫁ぐことに反対した人の意見を押し切って、信介との約束を守ってきた。

「幸せですか。幸せですか。あなた今」

沖縄に嫁にきたころ、この歌が頻繁にテレビで流されていた。

聞いた弾みで歌って、歌った弾みで自問自答して、こんな異国の地にきて、「あなたは本当に幸せですか」という寂しさが湧き上がった。

息子は私にとって、唯一の幸せとも言えるが、台湾出身の母親がいることで、息子にとって、本当に幸せになるのか、この土地では、すごく疑問に思った。


やがて待ちに待った息子の幼稚園の入学式が、近くの小学校で行われた。その後、保護者が集まって、園長や担当の先生からの説明会があり、必要な道具の販売も予定していた。

みんながホールで待機していたころ、訳の分からない原因で、ある先生が突然別の台湾出身の親御さんに向かって両手を強く叩きながら、大きな声で叫んでいた。

「おい、おい！」

私は敏感にそれが沖縄人による台湾人への差別だと感じ取って、頭を最大限に下げ、顔を両膝の中に潜り込ませて、誰にも見せないように、私は台湾出身の人だという事実を隠そうとしていた。

〇

国際通りに訪れる観光客は、さすがに段々増えてきた。

台湾の観光客は相変わらず、数多く那覇国際空港から入国し、毎日のように県内各地で賑わい、本土からの観光客もよく見かけるようになり、沖縄料理も注目されるようになった。沖縄の観光ブームは絶好調に推移した。

お土産品センターで観光客を相手にしている時に、凄く安心感があり、職場とは言え、リゾート地にいるような気分で、楽しい時間が過ぎていく。

しかし観光客が店内に入らない空白の時間は、相当な恐怖感に襲われる。リーダーの嘉数さんは、実は、かなり意地悪な人で、いつでも飛び掛かってきそうな鬼のような存在だった。既婚者の中年女性だけど、支配的で、威圧的なワンマンだった。開店前の店内清掃からいちいちうるさく命令し、こちらは水拭き、そちらは掃き掃除の号令だけではなく、トイレの掃除は、いつの間にか私だけの仕事になった。

そして、勤務中にトイレに行く度に、必ず扉の外で待っている。Tシャツの販売には名前を入れるサービスを含め、熱いアイロン台の傍である程度労働していたら、汗でビショビショになるから、奥の部屋で汗を拭く度にも必ずついて来る。

「台湾の人が大嫌いだ」

彼らが立ち話の時に、理由なしに私の存在というか、もしくは観光客のことを指したかもしれないが、平気に無神経なことを言う。

オーナーがいる時は、真面目に仕事をするが、いなくなると、お店は我が天下のようにふるまい、嘉数リーダーは、社長よりも偉そうな人物になる。

息子の保育園の時間に合わせるため、職種を問わずに、過去の栄光を忘れ、どんな仕事でも頑張る覚悟をした私だが、とうとう限界がきたような感じがした。

ある日、本土からの若いカップルが小物をたくさん買ってくれた。

「時間があまりないので、ビニール袋に入れるだけでいいよ」

お客様は、接待していた私に低い声で指示した。

「ちゃんと綺麗に包装するのよ」

嘉数さんはお客様の歓心を買うような言い方をし、遠いところから大きな声で、私に提案したかのように叫んだ。

「いいですよ。大丈夫ですよ」と、お客様が同じことを繰り返し、私に言った。

「馬鹿じゃないか」

いつの間にか、私の肩を、突然嘉数さんの拳骨が二発殴ってきた。

買い物客がびっくりして、外へ逃げるように出て行った。

考えられない且つあり得ない嘉数さんの行動に、私は、ほぼ放心状態になり、暫く動けなくなった。

一人の大人として、私は何扱いされたのか、さっぱり分からなくなった。怒りというか、強い悲しみに包まれ、いや、と言うより、むしろ悔しい気持ちの方が大きかったかもしれない。

職場で、大勢の人の前で、何も悪くない私は殴られた。

その夜から、酷い不眠症に陥り、明日という日付に変わるのが怖くて、怖くて眠れない。

「嫌だ。絶対あの店に行くのが嫌だ」

悪夢を見たように、小さい頃、養母に虐待され、ムチ打ちされた時の恐怖と痛みが、一気に蘇った。

「嫌だ。嫌だよ」

私は自分の髪を強く引っ張り、頭をトントンと叩いた。

「大人なのに、何故叩かれるの」

息子を家から見送った後、国際通りにあるあのお土産品センターに向かうことができなくなり、一日中ご飯も食べずに、夕方まで寝込んでしまう日々が続いた。

オーナーは家にきて、出社することを説得しようとしたが、私はクレームさえ言えずに、拒否し続けた。

「もう私の家にこないでください。お店には行かない」

辞める意志だけは、やっと口で伝えた。

沖縄での生活は、ほぼ絶望的に思った。沖縄の人が怖くて、怖くて、外に一歩も出られなくなった。

過去のことを振り返ってみれば、養母に意地悪されたことがあったけど、学校生活から社会人になるまで、特に大学の勤労学生時代に、ずっと日本の企業に勤めていて、優秀な人だと見なされ、日本語での差別やいじめには決して遭ったことがないし、むしろ褒められるばかりの人生を歩んできた私が、何故沖縄では、こんなに強烈且つ陰湿的な虐めを受けなくてはいけないのか。悪夢を見たという言葉しか表現できない。

息子を妊娠した時点から、幸せな家庭を想像しながら、新しい人生に美しい絵を描き始めたが、姑と信介に「これは誰の子だ?」という予想外なことで責められた事から始め、今までに遭ったいろいろな屈辱的な待遇が頭の中で、ビデオ映像のように何度も何度も繰り返され、劣等感を強いて植え付けられたこの社会では、とても生きられないと思い、自殺の念が段々強くなり、真剣に、きれいな死に方を考え始めた。

飛び込み自殺で失敗した人が障害者になったケースは昔から聞いたことがある。ならば、大きい岩と自分の身体と一緒にロープで巻いて海に飛び込もうか、それとも、大量の睡眠剤を飲んで死のうか、あるいは、ナイフで手首の動脈を切るか。いろいろな方法を考えながら、相談する相手もいないこの異国の地で、私はベッドから起きる力さえなかった。

寝室に強い日差しが入り、そして、その光が引いていき、日が暗くなるまで、一人で何の気力も出せずに、一日中寝込んでいた。そんな朦朧とした意識の中で、やっと大学時代に知り合った鄭さんのことを再び思い出して、手紙を書くことにした。

アメリカに送るエアメールの切手代は、いくらだったか覚えていないが、端っこに赤と青のストライプの斜線で囲まれた国際郵便用の封筒に、切手を貼った。

気が狂いそうな感じがして、顔に塗ったのが洗顔料なのか、歯磨き粉なのかも分からなくなって、一人で、こっそりと那覇から離れた場所の国立琉球大学付属病院を訪れた。

精神科は、私が決めた診療科目だった。

なのに、待合室で「こちらは精神科だよね。何故だ？」と、夢を見たかのように窓の外側に植えてあった観葉植物を眺めながら、不思議に自分の居場所を疑っていた。

大分待たされた後、臨床心理士が私の家族構成や成長過程のことなどを聞き、記録した。

渡された紙に、『木の絵』を描いてみてと言われた。

「リアルな木でなくても、あなたが思う木で構いません」

そして、一人ぼっちになり、カウンセリング室に閉じ込められた。

「私の思う木？　えっ、どんな木でもいいの？」

頭部を深く抱え、大分時間が掛かってから、やっとペンを取り、描き始めた。

まず、好きな椰子を思いつき、紙の真ん中に太い幹を書きおろし、次は、葉をクッキリと大きく描いた。地面を黒く塗りつぶし、根は意味がないと思い、描かなかった。それから、木をペンで塗りつぶし、葉の下に粒状の実をしきつめて描いた。

最後に、空に雲を描き加え、それ以上何も浮かばなかったので、臨床心理士を呼んだ。

「大野先生、私はどうかしたのですか」

「強い不安を持っていますね」

臨床心理士は私が描いた絵を見て、これだけの意見を言った後、私を診察室に送った。

精神科医は、検査という名目でハンマーを使い、私の足を叩いた。

「これから毎週木曜日に、週一というペースで、病院に通ってくださいね」

ここにきて安心したのは、国立の大学病院なので、日本全国の精鋭が集まり、精神科にいるスタッフは受付の女性以外に、沖縄の人が全然いない。私にとって、却ってここは唯一鬱憤を晴らすことができ、自分の身をより安全な場所に置き、新鮮で自由な空気を吸える空間にもなった。

深層意識に、日本語で意地悪な人間に反発する能力を有しないことに反応し、ひどい不眠症に罹ってしまった私は、お医者さんから睡眠薬などをもらい、憂鬱な気分で、西原町にある病院から遠くに離れている那覇の自宅に戻った。

「可愛い息子のため、私は死んではいけない」

強い信念を持ち続けるには、病院に通うしかない。

愛する家族のため、力がまだ全然湧いてこないが、意識的に自分が強くならないと、息子の将来は誰が面倒を見るのかという問題が発生する。ならば、よりたくましい自分に切り替わるしかない。

その帰り道に、ハンドルを握りながら、何かの目標を目指し、なんとか困難を乗り越えないといけないことに気づいた。

カウンセリング室で、大野先生に、小さい頃、養母にムチで叩かれ、包丁を持って追いかけられた経験を打ち明けた。一度は自分の顔が養母の爪でひどくひっかかれ、血まみれになり、傷だらけだった時に、養父がその異常に気づき、問い詰められたことがあったが、「それは自転車に乗って転んだ傷だよ」と嘘をついたことがある事実まで、全部臨床心理士に明かした。

「動物に例えれば、お母さんはどんな動物だと思いますか」

「コウモリ」

「その理由は？」

「鉤爪で鉄の棒を摑んで吊り下がっているのは気持ちが悪く、ギョロッとした目で私を睨んでいたのも怖かった。母はそれに似ている」

大野先生はしばらく私の顔を見つめ、ため息をつきながら話した。

「先程聞いた養母に虐待された内容からすると、普通の人は泣きながら訴えるけど、莉莉さんは、何故泣かないの」

「……」

「莉莉さんは、悪夢を見たことがある」

「うん」

「今度少しずつ夢の話を聞かせてね。それによって、何かを分析してみようかな」

大野先生の『悪夢』という言葉が、突然何かの薬用効果が発生したかのように感じ取った。

幼児体験に残った養母の暗い影を、時間と空間の変遷があったとしても忘れ去ることができないのは、臨床心理士が暗示した言葉の中から、自分の傷付きやすい体質は、実は、養母の虐待からという原因にも気づいた。

問題が発生する核心を、専門家に突き止められたので、少しホッとした。

妹が生まれたことによって、幼少期から弱い立場に立たされ、養母に否定された。兄に裏切られたことによって、遠く異国の地に行き、自分の手で幸せな家庭を築こうとしたが、協力的ではなく、天邪鬼の夫がいて、更に理不尽な姑の無神経な詰問や質疑に追い込まれ、身内から完全に追放された孤独な境遇に陥ってしまった。

それで、すでに最悪な状況に追い込まれているのに、沖縄社会における普遍的な論理の歪みや筋の通らない人種差別が重なり、当然ながら、こうした間違った自己否定の度合いが強くなって、希死念慮が湧いてしまうという心理分析は、大野先生に解説された。

「要は、あなたの結婚生活がうまく行ったなら、何の問題にもならなかったはずだ」

一児の母親になった私は、強くならなくてはいけないと知っている。そのために、週一日のカウンセリングを受けながら、たくましく生きていくつもりだった。しかし、私が病院に通っていることは、家族である信介の協力がもらえない上に、彼の笑いのネタになってしまった。

「おい、お前は薬を飲めな」

口論がある度に、「薬を飲め！」という言葉は彼の口癖になった。

相変わらず、夫は毎晩深夜にならないと家に戻って来ないのが、更なる苦痛のもとにもなった。

通院しながら、自己カウンセリングの訓練も、自分なりに行っていた。努力家だった私は、安易に最後の希望を手放さないのだ。

せめて息子の世話ぐらいできないと、私は人間失格だと思った。

そんな自分と闘っている真っ最中に、鄭さんからの手紙が届いた。

★

お手紙は姉から転送され、昨日に届きました。近況を知り、本当に驚いたが、再び連絡が取れて、大変嬉しいです。

私は大学を卒業した後、すぐに米国への移民ビザを取得し、UCLAで修士の学位を得た後、ロサンゼルスにある民間企業に勤め、米国の国籍をもらい、夫と一歳になったばかりの娘とオレンジカウンティーに住んでいます。

思い出せば、当時一九七九年頃、アメリカは台湾に二万人の移民枠を設けたが、台北に所在する米国の領事館には毎日のように長い列が並んでいました。

中国共産党から台湾へと一次逃亡した大金持ちと学者達は、台湾政府が国連から撤退したころ、二次逃亡をまた始めました。特にアメリカや日本などの諸国が次から次へと中国との外交関係を結ぶ度に、アメリカへの移民ブームは一気にピークに達しました。

私の両親は、二回とも政局が不安定なところから他所へと逃亡した代表例とも言え、今は、私の近所に住んでいます。

アメリカは本当に平等で自由な国です。人種差別は許されない国柄があるので、とても安住できる場所です。

あなたはよく日本に行く勇気があると称えます。

英語学科出身ですから、アメリカに来てもらってもいいのですが、息子さんがいる以上、日本にいた方がいいかもしれません。

私は日本語学科を卒業した者で、当然クラスメートには何人か日本の大学の大学院へ進学した人がいます。その内、一人の親友が日本人と結婚し、千葉県に住んでいます。もし必要であれば、彼女をご紹介します。

自分に合っていない環境に強いて住むと、誰もが病気になりますから、どうかくれぐれもお体をご自愛下さい。

お友達は兄弟のような者ですから、どんな願い事でも、何でも相談してくださいね。

十年近くの歳月が流れ、同じキャンパスで日本語を勉強していた二人は、それぞれ違う国で生活し、それぞれ違う道を歩んでいる。

でも、一通のエアメールを通じて、お互いにまた同じ母国語で近況を交換することができて、なんだか希望の光が差し込んだ。

まだまだ無気力な状態が続き、晩ご飯は外食にしたり、お弁当で済ませたりしたが、病院での心理カウンセリングには、一度もさぼらず、しっかりと励んで通っている。

〇

「この書類に署名をしてくれないか」

ある週末に、信介は突然離婚届の用紙を私に渡した。

「何故」

「精神科に通っているでしょう」

「精神科でも、てんかんの患者を受付しているのよ。精神科に通っている人は、全員が精神分裂病ではなく、私だって、心の病気でお医者さんの助けを求め、カウンセリングを受けるために行った訳だよ」

「でも、精神安定剤を飲んでいるじゃないか」

「それは環境で作った病気だから、時間がほしいの。待つしかないとお医者さんが言っていた」

「待つもんか。お前は精神病だよ」

「それは違う」

「出て行けよ」

「憲一はどうするの」

「置いとけ」

「無理だ」

「お前は精神病に罹ったでしょう？　何ができるの？　働けないし、ご飯も作れない」

「だから待つしかないと言ってるじゃない」

「待てないよ」

「再婚の相手はすでに見つけたの？　毎日遅いじゃないか」

「憲一は両親が面倒を見るから、二人は離婚しなさいと言われた」

「離婚したら、憲一が可哀想だし、私は帰る場所がないよ」

「自分の実家に帰ればいいじゃないか」

「私は養女だよ。家なき子だ」

「養女でも実家があるじゃないか。何で帰れないの？　そうか、兄貴がいるよね。兄貴と恋でもしたのではないか」

「……」

「じゃ、もしかして、養父にレイプされたとか」

記憶から消えた兄との禁断の恋による不幸を、突然信介に問い詰められ、一瞬の間に頭が真っ白になった。

「やはりそうだろう。お前は処女じゃなかったよね。その相手は兄貴ではないのか」

「違う」

「じゃ、誰だ？」

信介は、その質問でしつこく繰り返し攻めてきて、私を狂わせようとするような構えを見せてきた。

離婚のことを無責任に信介及びその母親に言い出され、更に、このような理不尽な理由で別れなさいと言われるとは、夢にも思わなかった。

おとなしかった信介は、私が一人で懸命に赤ちゃんの面倒を見ていたころ、不倫行為があったにもかかわらず、強引に私に昔のことを白状させる非常識な行動に、全身の力を出し切って、叫んだ。

「ふざけないで！　あなたの同級生の中に、処女は何人いると思う？　処女がいたら、国宝扱いされるじゃないか？　私をナメるな」

「実家に電話してみろ！　お前を花蓮に返すのだ」

信介は受話器を取り、無理に私に電話を掛けさせようとした。

大学一年生の時、養父が大学新村へ私を探しにきたとき以来、あれから十年間の歳月が流れたが、夢のように電話が掛かった。

「もしもし」

さすがに七十四歳になった養父の声が、相当にカサカサしている。

「……」

「もしもし」

「……」

「もしもし」

私はやっと小さな声を出しながら、うなずいた。

「莉莉！」

「うん……」

鼻に涙が詰まってしまったように、声を出せなかった。

「莉莉、泣きたいでしょう。思い切って泣いてみ」

「うん……」

「泣け！　莉莉、泣け！　何かあっただろう」

「うん……」

「父親はお前のことを愛しているよ。今はどこにいるんだ？」

「日本」

「日本のどこ？」

「沖縄、いいえ、琉球に嫁いだ」

「そうか。幸せかい」

「急に夫に離婚を迫られた」

「帰って来い！　ここはお前の永遠な家だよ」

「しかも息子を譲ってもらえない」

「どんなことがあったの？　ゆっくり聞かせて」

養父の息が切れそうに、電話の向こうで咳き込んだ。

「父ちゃん、ごめんね。私は本当に親不孝な娘だ」

「手紙を送って！　今までのことを教えてちょうだい。お前は、折角日本に行ったなら、自分の父親を捜してみてもいいんじゃないかな。きっと何かの手掛かりが出てくるよ。俺は後何年間生きられるのか分からないけど、お前はまだまだ生みの父親と対面するチャンスがあるから、強く生きなくちゃ」

「うん」

国際電話をいったん打ち切って、遠く台湾の花蓮にいる養父に手紙を書くことにした。

暫くしてから、兄が養父の代わりに返信を書き、那覇の自宅に届いた。

★

いろいろ大変な出来事があったに違いない。

父ちゃんと僕は、いつまでも君のことを応援しているよ。

ご迷惑をおかけしたこともあったが、お許しください。

僕は、卒業後、扁平足の診断書を提出したことによって、兵役が免除されたことに感謝している。というのも早く働かないと、両親に更なる負担を掛けてしまうから。

国立大学出身のお陰か、順調に県立工業高校の教員試験に合格した。それから、学校の近くにある病院に勤めている看護師の人と結婚し、今は娘二人がいる。

小さい妹も来年に商業高校に進学する予定で、そろばんの検定は中学二年生の時に、すでに三段を取得したため、将来はそろばん教室を開きたいと言っている。両親ともに元気で、自宅で小さなお店を営んで、豆乳と肉まんを販売している。

僕は新しい家を購入しているし、共働きなので、経済的な事情は特に困ったことがないので、君がご自分の生みの父親を捜すことを大いに応援したいと考えている。

思い切って、幸せになる見込みがないあの土地から離れ、お父さんの出身地とされる千葉県船橋市に行ってみたらどうだろうか。お父さんの名前もはっきりと教えてもらったので、きっと神様が奇跡を起こしてくれるはずだ。

莉莉が独立できるまで、僕は毎月君の生活費を負担するから、心配することなく、元気で頑張っていてほしい。


涙をこぼしながら、十年ぶりに兄貴の手紙を拝読し、一気に読み終わった。

孤独な異郷で、過去の災難から抜け出すため、一人で頑なに殻に閉じこもってしまい、とうとう限界にきて、ダウンしてしまった。

カウンセリングを受けたことで、信介の愚かな行動に見舞われ、信介の「お前は働けないし、家事もできないでしょう」との冷酷な態度にあきれた。

でも、そのお陰で、予想外に自ら捨てたかつての家族と、電話での再会を果たし、強力な支援を得たため、沖縄を去ることを決意したが、幼稚園児の息子に意見を聞いてみた。

「憲一は強い子でしょう」

「うん、僕はウルトラマンだよ。怪獣と戦えるよ」

「ママは今病気になってしまったの。もし、ママが他の所に行ってしまったり、場合によっては、入院したりするかもしれないけど、憲一は寂しい？」

「寂しいよ」

「そうか。でも、いつかまた憲一のところに戻るから、我慢できる？」

「入院するの」

「そうだね。そうかもしれないわね。でも、ママは少し遠い所の病院に入院するかもしれない」

「僕は大丈夫だよ。ママが元気になったら、またご飯を作ってくれるでしょう」

「うん。そうだね。憲一が大好きなハンバーグとスパゲッティを作ってあげるよ」

「分かった。僕は強いから、大丈夫だよ」

「ありがとう。憲一は本当にお利口さんだね」

遠い所の病院に入院しに行くという嘘は、単なる幼い息子を慰める一つの手法だった。

臨床心理士につき、いろいろと心理治療を受けながら、分かってきたのは、沖縄という特殊な考え方を持つ社会は、私の体質に合わないのが現実だ。暫くここから離れ、力をつけてからまた戻って来てもいいのではないかと言われた。

もし、親戚も友人もいないこの異国で、夫は協力的で、何でも相談の相手になってくれるなら、周りにたとえいじめがあったとしても、上手にストレスを避けることができるはずだ。しかし信介は、何故か私を揶揄うのが好きで、平気で私の悪口を同僚や友人にばら撒く。

私は、いったい心の病気なのか、うつ病なのか、お医者さんはまだ教えてくれない中、家族の支えが何よりも大事なこの時期に、いきなり信介がご両親の指示を受け、私をこの家から追い出そうとする。

四面楚歌の中、息子のことをどう対処するのか、悩みの種だった。

特に翌年は、憲一が小学校一年生になることに備え、何かの対策を慎重に考えなくてはいけない。

『沖縄人』として、他の沖縄の子供達と同じ待遇で正常な教育を受けられるために、敢えて、台湾人の母がいる事実を隠すのが、ベストではないかと思いつつある。

私だけでなく、今まで出会った生徒さんの親御さんや、幼稚園の説明会で目撃した台湾人を差別する学校の先生のことを思い出しながら、プライドが高い私は、態度も言葉遣いも悪い沖縄の人に劣等感を強引に持たされることで病気になった一方で、自傷行為を再度起こす危険性があると、臨床心理士が分析してくれた。

自分のエネルギーを消耗してしまった真の原因を取り除かないと、無理矢理に頑張っても、自分自身にとって、息子にとってもいいことはないだろう。信介の両親は、息子の面倒を見ると言ったから、学校側からすると、憲一は百パーセントの『沖縄人』に間違いがないとみなされ、虐めも差別もないだろう。

息子としばらく別れた方が息子のためでもある。

今まで、沖縄では何のメリットもないのに、必死に頑張った自分が、何だか虚しい気分になってしまった。

遠き中学時代、養母に撲殺されそうな時に、暫く息を潜めたあの公園の中から見えた灯りがともったあの小さな家に、妄想を走らせた自分なりの理想的な家庭像は、優しい両親がいて、兄弟との楽しい会話が弾み、そして、買ってもらった大きなグランドピアノで、私の大好きな『エリーゼのために』という名曲を弾いている。

このような愛に溢れる家庭は、私にとって、届かない夢になるのか。憲一のため、理想的な家庭を築こうとし、安い給料しか稼げない信介のため、私は力を出し切って、もう疲れてしまった。

異国の地で、不意に天国から泥沼に落とされたすべての災難に、自分の夫を含め、誰もが私に助けの手を伸ばしてくれなかった。

捨てられる運命に再び遭遇した時に、私の養父は昔と同じように捨て子である私を、温かく拾ってくれた。

今の養父と兄の新しい環境に、私は入る隙間がないと思うけど、家族だからこそ、彼らは、あっさりと経済的な支援をしてくれる約束をした。そのことによって、私は再び蘇ったように、ゆっくりと新しい空気を吸うことができた。

私を病気にさせてしまったこの異郷の地から離れないと、救いの道がないと判断し、いろいろ考えた結果、信介に渡された離婚届に『大浜莉莉』と署名し、沖縄人として、息子に正常な教育環境を確保してあげる意味で、しばらく憲一を捨て、親権は信介に預けるしかない。

「私が元気になったら、いつでも憲一に会わせてくださいね。そして、憲一とお話をしたい時に、電話をさせてね」

その約束だけは絶対守るという内容の協議書を取り交わし、協議離婚したのは、一九八六年の夏休みに入ったばかりのころだった。

そして、アメリカに住む鄭さんからの手紙が再び届き、千葉市にいる親友からの応援が得られることと、その親友の知り合いの貿易商の家に暫く泊めてくれる約束をもらったことが書かれていた。

私の新たな出発に、運よくかつての人脈が動いてくれ、心配のないような道を整えてくれた。

第四章　運命の悪戯

船橋駅の北口を出て、右側に赤いポストがあると言われ、鄭さんの親友藤村淑恵とそちらで待ち合わせすることになった。

駅構内はかなりの人が溢れていて、沖縄では沈んでいた気持ちは、その活気に動かされ、相当ウキウキになってきた。

淑恵は手土産をぶら下げて、私に手を振った。

「初めまして。鄭さんからいろいろと聞かせてもらいました」

「お手数をお掛けしてすみません」

「いいえ、私達とも同じ大学の出身なので、助け合うのは当然なことですよ」

「本当に感謝しています」

「実は、莉莉さんと初対面ではなく、かつて夜間部の日本語スピーチコンテストに、鄭さんと一緒に応援しに行ったよ。莉莉さんの発音がすごく綺麗だったことに感心しました」

「あ、そうでしたか」

「私の知り合いは、ここから徒歩五分の場所に事務所を構え、その二階に仏学を勉強するための持仏堂が設けられています。三階に特別な法要があるときだけは、遠隔地からの信者を泊められるような部屋が二つと台所があります。普段は使われていないから、暫くそこに泊まっても平気だよと言われました」

「そうですか。大変助かります」

「もちろん毎朝お香やお花を手向けることと、お掃除か何かのお仕事をさせられると思います」

「喜んで何でもお手伝いしますよ」

小さい頃から、旧正月の日に、必ず養父母とともにお寺へ行って仏様に参拝する恒例があるため、どちらかというと、自分は仏教徒だと思っている。

大学受験の前に、合格祈願の意味で、わざわざお寺に拝みに行ったら、そこで出会った住職の方は、私に釈迦牟尼仏の教えを啓示してくださった。『般若心経』という読誦経典も、そのきっかけで知り、僅か三百文字足らずの本文に、大乗仏教の心髄が説かれている。

「私は日本人と結婚してから千葉市に住んでいるけど、やはり寂しい時があって、故郷や親族を想う気持ちが強いものなので、こういうときに、同じ仏教の思想を愛する仲間と集まって、一緒に仏教の理論を研究するのは、心強くなる。ここは本当に精神的な安らぎを求める場所ですよ」

「ありがたい施設ですね。こちらを私の再出発の拠点にして、自分を見つめ直し、新しい人生をスタートさせたい」

淑恵は優しい微笑みを私に見せてくれた。

二人で会話しながら行くと、やがて一棟の灰色のコルモストーン調外壁の建物が目の前にあり、彼女が立ち止まった。

「ここです。まず一階の事務所でオーナーの方にお会いしましょう」

私は大きなトランクを階段に上げ、淑恵は玄関にあるドアホンを押した。

事務員さんらしい若い女性が私たちを奥にある応接室に案内した。

「ようこそいらっしゃい」

やがて一人の女性が現れた。五十代の方だと思うが、お洒落なワンピースに白いジャケットをはおり、大粒の真珠のネックレスを首にかけ、それと同じぐらいの大きさの真珠の指輪をはめている。

「お世話になっております。こちらは私の大事な莉莉さんです」

「初めまして、私は劉と申します。想像よりも素敵な方ですね」

「ありがとうございます。これから暫くご迷惑をお掛けするかもしれませんが、よろしくお願いします」

淑恵は手土産を劉さんに渡した。

「これは莉莉さんから差し上げるものです」

「あらまあ、気を遣わなくていいのに。鄭さんはすでに莉莉さんのために、寄付金を持仏堂に送金したから、ご遠慮なく、リラックスしてご滞在ください」

「えっ、送金したのですか」

「鄭さんの旦那さんは資産家ですから、彼女を頼ってもいいですよ」

「いいえ、そんな……」

淑恵が楽しそうな声で笑った。

「鄭さんは確かに仏様と同じように慈悲心を持っている方です。莉莉さんのように頑張る人はいないよと言っていました。是非応援してあげたいとも言っていましたよ。莉莉さんのことを聞かされて、本当に感動しました」

「私も莉莉さんのことを尊敬していますよ。さあ、上の階にあがりましょうか」

劉さんは私たちを引率して階段をのぼり始めた。

二階にある持仏堂の扉を開くと、真正面に見えるのは像高約五十五センチの立派な白檀の仏像だった。

この持仏堂は本場の寺院と同じように、在家信者が礼拝供養できるよう、座釈迦如来を本尊にして安置している。

「毎朝の早い時間に、お水を供え、お香を手向け、仏様に礼拝するのが最低限の日課となるので、可能であれば、莉莉さんにやってもらおうかな。でも、体調が悪い時に無理しなくても大丈夫です。事務員の人が出社すると、必ず二階を巡回し、やってもらえるから、何も心配することはありませんよ」

「頑張ります。仏様に怒られないように毎日精進します」

淑恵は励ましの意味か、また声を出して笑った。

「旧暦の一日と十五日と、毎週の日曜日には、信者が集まるので、莉莉さんはよければ、参加してくださいね。みんな心の優しい人ばかりですから、きっとお友達がたくさんできますよ」

「分かりました。今まで本当に孤立した状況の中で生活していましたから、無人島にいるような不安がありました」

「莉莉さんはまだ若いし、外国語が得意ですから、きっとお仕事が見つかりますよ。その前に、職業訓練学校で、何か一つの専門分野でもゆっくりと勉強しておいた方がいいのかもしれません」

劉さんはこう言いながら、三階へと案内してくれた。

「暫く三階でのんびりして、完全に一人の生活場所と思い、リラックスしてください。私たちは用がなければ、この階には来ませんから。マイペースで何かを考えたり、お友達を呼んできたり、何かのイベントを開いたりしても構いませんよ」

「ありがとうございます」

二人を見送った後、私はトランクを部屋にある二段ベッドに広げ、荷物を出し始めた。

女性信者専用の部屋には、四つの二段ベッドがあり、二つずつ向かい合っている間の壁に、クローゼット一つが設置されている。それ以外に何も置かれていない。

洗濯したい場合は、商店街に出て、コインランドリーを利用するしかないという不便さがある。

この部屋の作りは、大学時代の寮生活を思い出させる。今は、ここにいて、まるでタイムスリップしたかのように、軍事訓練とも言えるような素朴な学生生活の空間に戻った。

二つの部屋以外に、調理場があり、二つ長方形の大きい食卓が並べられていて、トイレと風呂場は共同となっている。

一人で使うのに、贅沢なスペースにもなる。

こんな夢のような空間を、鄭さんが確保してくれたことは、災難に見舞われた私にとって、大変有難い環境であり、感謝の気持ちでいっぱいだ。

「私の両親は、二回とも政局が不安定な場所から他所へと逃亡した代表例とも言える」

むかし鄭さんが言っていた言葉が脳内に浮かび上がった。

「祖父は上海で紡績工場を経営していて、共産党が横行し始めた頃、祖母が金塊を両親の洋服の内側に縫い込み、混乱した群衆の中で、何とかして台湾行きの船に乗れた。海に落ちないように、二人の体を一緒に紐で縛っていた。逃げられるなら一緒に逃げ、船に乗れなかったら一緒に海に落ちる覚悟をしたようだ」

また、私の沖縄での不幸な婚姻生活を知り、鄭さんのご両親と同じく中国大陸から台湾へと逃亡した養父は、私を助けるため、兄にこのような内容の手紙を書かせたと思う。

「思い切って幸せになる見込みがないあの土地から離れ、お父さんの出身地とされる千葉県船橋市に行ってみたらどうだろうか。お父さんの名前もはっきりと教えてもらったので、きっと神様が奇跡を起こしてくれるはずだ」

かつて中国共産党と国民党の闘争の中において、資産階級やエリートの学者たちは、一夜にして冤罪がでっち上げられ、歴史の罪人になる恐怖に常につきまとわれ、命まで奪われるかもしれない不安の中で、その予測不能な事態に備えた台湾への一次逃亡と、その後のアメリカへの二次逃亡は、大昔から華僑が海外で成功した不屈な精神にある。

政変に翻弄されるのを拒み、海外で理想的な第二の人生を展開し、他人を頼らず、自分の力で道を切り開き、苦難を乗り越え、その無視できない強いパワーは、まさに華僑を成功の道に導く原動力である。

私の船橋への『二次逃亡』となる生活は、きっと何かいい兆しが現れるだろうと信じ、この仏教の説法の講堂で知り合った信者の力を借りながら、一日でも早く元気になろうと、みずから転機を探ってみようと決心した。

台湾は仏教の盛んな国で、小さい頃からお寺の存在は身近なものだった。お寺と言えば、日本とは違って、完全にブッダの教えを勉強する精神的な教養を高める場所である。

劉さんのようなお金を持っている人は、自家物件で持仏堂を設け、在家信者に仏学の勉強や研修する場所を提供するのも、一つの善行だとされる。

日本への留学生や日本に住む華僑や日本人と結婚している台湾人妻たちにとって、ここは、各分野で活躍している人々とのネットワークを作る機会にもなった。

また、日本での滞在が短く、まだ地元の生活に慣れていない人にとっても、何らかの助けが必要となる場面も出てくるので、ここはみんなが助け合う場所にもなった。

親切な人ばかりに囲まれ、何度か日曜日の集まりを経て、私は斎藤麗華という人と親しくお付き合いすることになった。

「大浜って、沖縄の苗字でしょう」

「よく知ってるね」

「実は、私の苗字は以前は与那嶺だった。沖縄の人と結婚していたから」

「えっ、何年前の話ですか」

「五年前に沖縄の人と結婚して、不妊という理由で、姑に追い出された」

「酷いね」

「離婚後、旦那とは別れられなくて、常に密会していたが、姑にしつこく邪魔された」

「沖縄の親は、自分の子供を永遠に独占したいのが問題だね」

「去年偶然に沖縄に旅行しにきた大手ホテル内の中華料理店でコックをやっている人に出会って、千葉県のマンションに居候させてもらって、暫くして入籍した」

絶句するほどのいじめられた体験を、麗華の口から聞いているうちに、他人事ではなく、自分のひどい経験からも、息子を暫く手放すしかない選択という切ない決断を迫られたことを思い出した。

沖縄にいる息子のことを当然心配しているが、他の沖縄の子と同じ条件で、正常な学校生活をさせようと思えば、母親はウチナンチュー（沖縄人）ではないことを絶対に教えない方がいいのだ。

私達のようなよそ者だと、たとえ父親がウチナンチューであっても、母親は台湾人である以上、何の抵抗もできない虐めを受け、平等に習い事が受けられない厳しい現実が待っていることを、麗華の話によって再び認識した。

そんな理不尽な社会で、鬱状態になってしまい、体がほぼ動かない私は、優しい台湾の人に支えられ、父の実家と思われるこの町船橋にきて以来、生みの母の辛い立場が理解できるようになった。

母はきっと何か難しい事情があって、私を一人で育てられるような環境になかっただろうから、養父の家の前に私を置き去りにした。でも、私を捨てた母親は、彼女なりに強く生きているはずだ。命さえ残っていれば、親子はいつでもまた会える日がやってくるから、それでいいと思う。私は、母親のことを恨むことができない。

仏像の前にいる私は、素直になり、何でもプラスの方向に考え、争うことなく、他人の非を許すようになった。釈迦如来の教えに従うと、自分の心も豊かになり、悪行ができなくなる。

仏教の経典には六道輪廻説があり、人間の死後、魂は善悪の業により、六つの道、いわゆる天道、人間道、修羅道、畜生道、餓鬼道、地獄道を輪廻する。悪いことをする人は、一時的に利益を得るかもしれないが、死んだときに、仏様に裁かれる。

「私の前世は、きっと元夫とその家族に完済していない債務があったから、沖縄に行ったわけだ」

麗華が自分の境遇を輪廻説で解釈し、自虐的な言い方をした。

「沖縄の債務を完済して、今度は、千葉県に債務を弁済しに来たわけだね」

「ハハハ」と、私がその仮説を補足していたら、彼女が大笑いした。

「じゃ、私の前世は何だったかな。恍惚老人を捨てたからとか、それとも、ペットとしての犬や猫を山へ捨てに行ったとか」

「莉莉は捨てられる人生になっちゃったかもね。ああ、ごめんなさい！　言い過ぎた」

二人はお互いのことを揶揄って、今までの災難を輪廻説で心の苦しみを和らげようとした。

でも否定できないのは、持仏堂での勉強や修行から、私たちは益々敬虔な信者になり、物事の原因及びその結果の法則を仏教の理論で捉えるようになった。

私は、たくさんの仲間に愛され、仏教の因果応報の宗教思想で洗礼され、その不合理的な婚姻生活から受けたマイナスの打撃から、嘘のように元気になり、失敗した経験から生じた悔しい気持ちも、いつの間にか消えてしまった。

ここの信者たちは、みんな日々精進の意志で、仲間同士が互いに磨き上げていく。

「鄭さんから送ってきたある尼さんが作詞したものを英訳と日本語訳を両方書いてみたよ」

ある日曜日の勉強会が終わった後、淑恵と麗華に私が書いた訳文を、見てもらった。

（中国語の原文）
從生到死有多遠，呼吸之間。
從迷到悟有多遠，一念之間。
從愛到恨有多遠，無常之間。
從古到今有多遠，笑談之間。
從你到我有多遠，善解之間。
從心到心有多遠，天地之間。

（日本語の訳文）
生まれてから死ぬまで　どれだけ長いですか、呼吸をしている間。
迷いから悟るまで　どれだけ時間が掛かりますか、ひらめく迄の間。
愛から恨みに移り変わるまで　どれだけ時間が掛かりますか、誰も予測できぬ間。

昔から今まで　どれだけ時間が掛かりますか、談笑している間。

私の心に辿り着くまで　どれだけ時間が掛かりますか、分かり合えるまでの間。

心と心の距離は　どれだけ遠いですか、天と地の間。

「莉莉の日本語能力は、日本語を専攻していた私よりもずっと上のランクですね。英語の訳文を見てても勿論申し分ないです。仏学の真髄まで翻訳できるのは、なかなか難しい技ですよね」

淑恵がこの訳文を評価した後に、麗華も意見を付け加えた。

「この内容は、ある仏教徒が師に尋ねた後の回答だとみられるけど、例えば『笑談之間』という本当の意味は、『雑談をしながら笑っている間』とするが、そのまま仏学の訳文にすると、本当に下手くそな翻訳になるわね。さすがに莉莉は、作者の短い言葉に合わせ、詞の真意を壊さないような凄い技を持っていることに感服したよ」

「実は、『会話をしている間』に翻訳したかったが、笑っているという意味が入っていないからやめた。それから『冗句を言っている間』の方がもっと良かったかなと思ったら、原文は冗句までのニュアンスが入っていないことに気づいた。いろいろ調べたり、推敲していたりすると、『談笑』という言葉が出てきた。翻訳って、本当に難しいね。意味をちゃんと伝えたか、ニュアンスをうまくつかんだかという多方面な配慮が必要だね。でも、この詞を推敲しているうちに、本当に心が澄み切って、気持ちが凄くよくなったよ」

いじめや差別の環境から遠く離れたこの土地で、友人の支えがあり、仏学を勉強している間に、混沌としていた心の行方は、やっと何か見えてきたような感じで、すっきりした。

故郷の家族が経済的な応援をしてくれると言ったが、私はだんだんやる気が湧きあがり、いよいよ再就職の準備をしなくてはいけないと思った。その年の暮れに、都立専門学校の貿易実務科の試験に挑んで、入学することができた。

受験科目の中の、国語と数学は、日本人を競争の相手にして、倍率は五倍という厳しい数字のデータがあるけど、怖い気持ちが全然なかった。というのは、英語に自信があり、また、面接に立ち向かう強い意志を持っていたからだ。

結婚する前に、大手商社に勤めていたが、事務作業ばかりをしていたので、貿易の本当のノウハウは、実は、知らなかった。

気力はまだ弱々しい自覚があり、社会復帰を目標にして、学校に通うことによって、力をつけていきたいとも考えている。

しかも、学校に行くことは、本当に幸せなことだと思う。昔のことを考えてみると、中学を卒業して、すぐに工場に送り込まれ、出稼ぎに行かされる恐れがあったから、学校に行けることは何よりもウキウキする。

更に英語検定や通関士の資格なども、どんどん取っておく予定があり、電車での通学途中に、ついつい本を開きたくなる。

目標を定めていると、自信を取り戻し、独身時代の仕事ぶりを思い出して、上司に褒められたことや認められたことが、私の生きがいとなり、自分の存在はその愛情があったからこそ、より価値のあるような重みを感じ取った。

仕事の経歴だけでなく、そもそも学校生活の中でも、ずっと優等生と見なされた私は、何故沖縄に身を置くと、あんなに否定されたのか、不思議に思った。

○

時間は経つのが早く、あっという間に、都立専門学校の修了式が近づき、就職活動についての学校側のサポートが始まったところに、劉さんは私にある提案をした。

「かつてこちらに通っていた信者陳さんは、胃癌に罹り、現在入院中で、台湾に戻りたいと言い、住んでいる中古マンションを売り払いたいと私に電話してきた。売価は、三百二十万円で不動産屋と打診しているところだが、司法書士の立ち会いで、代金の決済や名義変更の登記などをしてもらえば、お互いとも不動産屋に支払う手数料が省けるから、大きなメリットがあるけど、買わないか」

「そうですね。そろそろ就職するから、いずれはマンションを借りなくてはいけないので、他人に家賃を支払うより、買った方がいいかもしれません。但し、私は二百万円ぐらいの貯金しか持っていませんよ」

　劉さんは落ち着いた雰囲気で、ゆっくりと私に話しかけた。

「陳さんは早急に治療費を手にしたいと思います。莉莉が足りない分は、私が立て替えます。就職したら、分割で私に返済してくれればいいです」

「確かに病気治療には、大変お金がかかりますね」

「それと船橋駅は本当に交通の便がいいから、都内へも、どちらへも電車で通勤しやすいところだから、いいと思いますよ」

「分かりました。売買の手続きを進めましょうか。最悪の場合は、故郷の兄に借金相談をしますよ」

　生活を安定させるため、とりあえず住居を確保しないといけない現実がある。二百二十万円だと、那覇では、家を買えないのは知っている。首都圏にあり、通勤しやすい場所にあるのに、誰も目を向けないこの中古マンションに、私は興味を示した。

　新品の家でないと住めないという意識はまったくないし、古ければ、リフォームをすればいい。ましてや自主管理のマンションだから、共益費はわずか三千円だった。

不動産知識がなかった私だが、今回の不動産を入手する決断は、自分もびっくりするほど早かった。

予定通りに、劉さんの手配を介しながら、司法書士との間に、不動産売買の手続きが進められた。

いよいよ売買代金の決済と共に、所有権移転の手続きをするため、私と売主の陳さん本人同士で面会しなくてはいけないことになっている。

その日に、劉さんは別の予定が入っていたので、在家信者の方に付き添ってもらって、車で千葉県がんセンターに向かった。

西病棟の駐車場に車を停め、司法書士さんと待ち合わせをした後、エレベーターに乗り、五階の病室に入った。

六つのベッドが並べられているが、陳さんは一番奥のベッドに横になっている。しかし、何故か部屋に入って来た私を見た途端に、病床から起き上がり、驚いた顔で、大きな声で叫んだ。

「美枝、美枝！　何で私がここにいるのを知っているの」

突然の出来事に、私は足が止まり、付き添いの人に顔を向けた。

「えっ？　どういうこと」

「知らない」

「私のことを知っていますか」

病床から起き上がった陳さんは、眉の間の皺を見せてきた。

「ごめんなさい。美枝はもう五十代に入ったはずだから、見間違えた。しかも、彼女はここにいるはずがないよね」

「何かの勘違いだよ。陳さんはきっと疲れているのでしょう。台湾に戻ったら、ゆっくりと休養を取った方がいいね」

会話の中身から聞いていると、付き添いの人は、陳さんとは馴染みのある人だと感じた。

「そうだね。私は天罰を受けたのかもしれない」

「そんな阿呆なことを言わないで。誰もが病気に罹ってしまう時があるから」

病室には他の患者もいるため、署名ぐらいの時間しか与えられていないので、速やかに手続きを済ませようと、司法書士の先生に促された。

物件の引き渡しが完了し、船橋に戻る途中、陳さんが私のことを『美枝』と呼ぶのが気になった。

同行してくれた信者とはまだ深いお付き合いがないため、私の心の中に潜んでいた疑問をぶつけることができない。

でも私が、美枝という人に間違えられたことは、何かの因縁があったかもしれない。それは、私の出生の秘密に関わっている可能性があるからだと、私の勘でわかった。

しかし、こう思いながらも、それは私の絶対的なプライバシーだから、どうやって処理するかイマイチ分からないし、誰にも言えるようなものではない。

慌ただしい状況の中で、住居を確保でき、秋葉原にある小さな貿易会社に勤めることになった。息子が小学校一年生の第二学期に入ったころで、私は三十歳になった秋のことだった。

陳さんから受け継いだマンションは、本人が急病のため、貴重品と衣服類以外のものをそのまま留置された。

劉さんから電話が掛かり、陳さんの荷物を捨てる前に入念にチェックした方がいいと、アドバイスをしてくれた。

「要らないものを処分してあげてください。ただ、荷物の中に純金の金塊とかを隠している可能性があるかもしれないから、捨てる前に、もう一度確認してくださいね」

○

職業訓練を終え、面接から採用まで時間がかからないため、都内への通勤生活が始まる前に、仕事に出かけるためのスーツの準備などを優先しないといけないので、２ＤＫのマンションだけど、一つの部屋だけをきれいに空け、陳さんの荷物は、片付けるのを後回しにし、別の小さな部屋に集めた。

沖縄を去ってから一年ほどが経ち、その間は平和と自由な空気が吸え、自分の好きな勉強をし、善良な人ばかりに出会ったこともあり、清々しい気持ちになり、新しい仕事に立ち向かった。

忙しい通勤生活を送り、二週間が経った月曜日の夜、仕事から帰ったときに、家の玄関ドアを開けると、ポストから一つのメモ書きが落ちてきた。


てっめぇ！　お前の部屋から水が漏れてきたぞ！

俺の親父を盗んで、また俺に迷惑をかけるのか！

二〇三号室　鈴木浩輝

これは陳さん宛に書いたメモ書きではあるが、私は新しいオーナーになったので、トラブルに対応しなくてはいけないと思い、下の階に急いだ。

二〇三号室のベルを鳴らし、待っている間に、玄関ドアに『パイナップルツアー』というアクリル看板が貼られているのに気づき、旅行関係の会社だと思った。

しかし、暫く待っていても誰も応じてくれる気配がないので、階段を上り、三〇三号室に戻った。

片付けなどをして、顔を洗ってから、シャワーをする予定だったが、突然玄関のベルが無茶苦茶に鳴らされた。

お風呂に入るのを断念し、インターホンに向かった。

「もしもし」

「おい、また水が漏れてきたぞ！　水を使うのをやめろ！」

乱暴な言葉遣いの若い男性の声が聞こえた。

例の真下の部屋の住民だろうと思い、玄関のドアを開け、とりあえず頭を下げ、謝った。

「誠に申し訳ございません」

私の先入観で、相手はきっとヤクザのような現場の作業員みたいな人かと思いきや、向こう側に立っているのは、なんと若くてサラリーマン風のイケメン男子で、理系出身だろうと思わせる繊細な気質を持っている人だった。

「あれ？　陳さんという人ではなかったですか」

「彼女は癌になっちゃって、台湾に帰るため、家を私に売ったの」

「えっ？　俺の親父と同じじゃないか」

「癌ということですか」

「そうですね。この二人はどうかしてます！」

「陳さんは、お父さんとは何かのご関係ですか」

「親父の愛人だよ。俺の母親を苦しめた人だよ」

「そうですか」

「シャワーは勿論、お水を使うのを、もうやめてください」

「でも、私は出勤する前に必ずシャワーを浴びて、シャンプーもしないといけないのに、水を使わないで、って言われても困りますね」

「勤務先はどこですか」

「秋葉原です」

「俺の実家は錦糸町にあるから、俺の実家に暫く泊まってもいいよ。水回りの修理が終わるまで、水を使わないでください。下の部屋の床や壁紙は、全部だめになっているから」

「ああ、大変な事態になりましたね」

「俺の家は部屋が三つもあるから、一つは暫く貸してあげるよ」

「本当にいいんですか。まあ、私は五つぐらい年上かな。お姉さんということにして、いいですよね」

「そうしましょう。親父に関わっている陳さんが起こした事故だから、この週末に修理の手配をしてあげるよ。保険を掛けているから、なんとかするよ」

錦糸町に向かう前に、彼と一緒に下の部屋を見に行ったところ、確かに壁紙が少し浮いていて、水が染みている。床のフローリングに、長い時間水が溜まっていたようで、ぶよぶよとやわらかくなっていた。水漏れを受けるバケツの中は、白く濁った水が溜まっていた。

しかし、マンションが古いとは言え、見た限りでは何の異常もないのに、どうして下の階に水漏れしてしまったのか、まったく原因がわからない。

電車を錦糸町で降り、北口を出た鈴木浩輝の後について行った。

十分くらい歩いた後、一軒家の前に止まり、彼はカギを取り出し、玄関のドアを開けた。

表札には確かに鈴木と書いてある。

「お邪魔します」

お母様がいると思い、私は大きな声であいさつした。

「おふくろは愛媛県にある叔母の家に遊びに行ったから、家にはいないよ」

「今まで、お父さんもお母さんもここに住んでいましたか」

「いいえ、ここはおふくろの実家ですよ」

「えっ、そう言えば、浩輝さんはお母さんの苗字を使っていますよね」

「二十歳になる前に両親が離婚したから、母親の苗字に変わった」

「そんなにお父さんのことを恨んでいるの」

「まあね。それより母方のおじいちゃんは息子がいないし、おふくろが離婚して一人ぼっちになったから、俺が家を継いであげている」

浩輝は私が泊まりやすい環境作りに、暫く会話をとめたが、それが落ち着くと、彼がお茶を出してくれ、二人が向かい合って、またおしゃべりが始まった。

「陳さんは上の階の部屋に住み、お父さんは下の部屋で事務所を構えているということですね」

「いいえ、その事務所は親父が買ったけど、殆ど陳さんが使っていた。但し、親父がビジネスの手伝いをしてあげる場面もあっただろう。それから、少しお金を貯めたら、陳さんが自分のお金で上の階の部屋を買ったと思う」

「じゃ、お父さんの本業は何だったでしょうか」

「商社マンだよ。台湾にも長期滞在したことがある」

「浩輝さんもお父さんと一緒に行ったのね」

「いいえ、蒋介石は反日感情が強いから、日本の企業には、支店長以外の人に配偶者ビザを発給しないの」

「確かにその事実があったね。じゃ、お母さんと日本で留守番ばかりさせられたのね」

「いいえ、親父が台湾に行ったころ、俺はまだ生まれていない。母親の方が寂しかったと思う」

「そうだったのか。陳さんはいつここに来たのかな」

「俺が生まれる直前に来たそうだ」

「お父さんは本当におとなしくないね」

「母親はそれで長年苦しんでいた」

「浩輝さんは何で急にマンションの二〇三号室に来たの」

「親父が亡くなったのは、去年の七月だけど、俺はそのマンションには全然興味を持っていなくて放置した。しかし、相続やら固定資産税やら役所の人から連絡が来たので、仕方がないから何とか処分しないといけないと思った」

「それで初めて水漏れのことを発見したのか」

「まさにその通りだ。本当に運命的な出会いだね」

「何だか不思議なものを感じたよ」

私たち二人は、今までまったく知らない人間だったのに、何故突然に一つの屋根の下にいることとなったのか。まさに神業で、その驚異的な出会いに、溜息をついた。

浩輝さんも暫くの間、何かを考え込んでいたようで、目を閉じ、深呼吸をしているようにも見える。その顔つきを見ていると、自分が昔持っていた写真と似ている部分があり、目の開き具合と鼻先の形は、私にそっくりと思う。

一つ一つのパーツの大きさや形が似ているように見え、ついつい妄想の世界に暴走してしまいそうな感じがしたので、彼に振り分けてもらった部屋に入り、扉を閉めた。


翌朝、私は早めに起き、目玉焼きを作り、持参して来たトーストにハムにチーズ、それとトマトのスライスを挟み、簡単な朝食を作った。

「おはようございます」

浩輝は出勤する準備を整えたようで、手に持っていた背広の上着を椅子に掛け、朝食を食べ始めた。

　仕事に出かける前で、お互いとも言葉が少なく、黙々と食事をしていた。

「ご迷惑をお掛けしないため、私は晩ご飯を外で食べてから、駅前のカフェで待っててもいいですか」

「うん。そうしてください」

　私の勤務先は、雑貨の輸出入をしているため、電話やメールのやり取りが多く、一日中暇もなく、どんどん動き回っている。疲れ切ったためか、昨夜の出来事を忘れ、仕事の帰りに、習慣になっていた船橋に行こうとした。

「ああ、いかん。そちらに戻っても水が使えない」

　買ったばかりのマンションは厄介な状況になったけど、週末にならないと修理の立ち合いができないのが難儀だ。

　北口のカフェで二人が合流した後、浩輝の自宅に向かう途中、彼の仕事のことについて聞いてみた。

「浩輝さんは、どんな会社に勤めていますか」

「一級建築士の設計事務所です」

「お父さんとはまったく違う業界ですね」

「まあ、商社マンだと、海外への転勤があるから、子供にやはり辛い思いをさせてしまうからね」

「そうか。私の息子も今は母親のことを想っているのかな」

「えっ、莉莉さんは結婚しているの」

「離婚した」

「子供の親権は元夫にあげたの」

「あげたというより、奪われたかな」

「日本人の場合、殆ど母親が子供を受け取るけどね」

「沖縄の事情は違って、ここでは考えられない社会現象がある。あそこでは、よそ者は普通の待遇が受けられるかどうかは、彼らが決めるからね。ましてや離婚率は日本一の地域だから、離婚して子供を奪い合って、それから、また自分の両親に癒着関係が始まって」

「おぅ……」

その話をした後から、沈黙が長く続き、やがて浩輝の家が見えた。

ハンドバッグをテーブルに置き、買ってきた翌朝の食材を冷蔵庫にいれた後、うしろから浩輝が私の肩を抱いた。

「一緒に生活しよう。息子さんもいつかこちらに迎えよう」

かつての結婚生活に疲れ切った私は、この一年間あまり、殆ど昔のことを振り向かなかった。

再婚のことを考えるより、一日でも早くお金を貯めて、息子と一緒に暮らせる日まで待っている。

浩輝は再び私を抱き締めた。

「一人で頑張るより、二人の力を合わせようよ」

大粒の涙が知らず知らずのうちに私の目からこぼれた。

私を強く胸に抱いた浩輝の若さと情熱を感じ取った。

「運命的だね。俺たちの出会いは本当に不思議だね」

「きっと神様が私たちを会わせたと思う」

布団の中で浩輝がじっと私を見つめていた。照れているから、私は両手で髪を梳いたような仕草をしていたら、浩輝は突然に私の右手を掴み、自分の右手と見比べた。

「あり得ない。俺たちの手の形がまったく一緒だ。更に手のひらにある生命線の曲線や長さ、そして、手のしわも同じだよ」

私が半信半疑で二人の右手を見つめた。確かに形だけでなく、肉の厚さも、指の太さと長さも同じぐらいだと確認できた。

最も恐ろしいのは、二人とも親指付け根のところに黒いあざが二つあり、更に探ると、腕の内側の肘に近い部分の、二人とも同じ場所に一つ大きなあざがあった。

二人が同時に大きな声で叫んだ。

「私たちが同じＤＮＡ？」

夢のような現象に、二人とも長い時間口を閉じたまま、目を大きくして、相手を見つめていた。

やっと自分が捨て子だったことを思い出し、浩輝に質問をした。

「お父さんのお名前は」

浩輝がしばらく何を言っていいのか、ためらっているようで、やっと重い口を開いた。

「山崎輝夫です」

その名前の響きは、私を震撼させた。

「私たちは兄弟だよ！　まさか、お前は私の弟だよ」

浩輝は何が何だか分からないような感じで、私の手を強く握って、「嘘でしょう？　それは嘘でしょう」と涙を見せた。

「母親が残してくれたメッセージが……山崎輝夫だと」

「えっ？」

〇

土曜日はやっと船橋のマンションに戻ることができた。

水回りの修理を浩輝に任せ、私は陳さんが残した荷物の中から、なんとか何かを見つけたいと、急いでいた。

「美枝、美枝」と陳さんに呼ばれたのは、きっと私の顔と体格が若い頃の母親に似ているから、私と私の生みの母のことを勘違いしていたはず。

留置物の中に、一つ厚紙の箱があり、開いてみると、国際郵便のエアメールがぎっしりと詰まっていた。一枚一枚の手紙を丁寧に調べたが、美枝という人物からの手紙は見つからなかった。

諦めようと思ったところに、一枚だけ台湾国内でよく見かける通信用の封筒があり、その上に台湾の切手が貼られ、消印されているものを発見し、待ち切れずに、その封筒を開けた。

★

昨夜、君の住まいを訪ねたが、すでに引っ越したと、大家さんから話を聞いた。どこへ君を捜せばいいのか分からないから、君の実家にこの手紙を送ることにした。

私たち二人は宜蘭県の山の奥から、この大都会の台北に出稼ぎしに来たころ、姉妹のように助け合った。しかし、まさかの裏切りに見舞われ、君は私の輝夫と不可解な関係があったことを、君の大家さんから教えてもらった。

輝夫は私に結婚の約束をしたのに、日本にいる住所はなかなか教えてくれなかった。更に私が妊娠したことを知り、突然姿を消し、また、君と輝夫は同時に行方がわからなくなったことに、深く傷ついた。

私はこっそりと花蓮にあるキリスト教に付属している未婚の妊婦収容所へ、しばらく身を寄せ、一九五七年五月十二日にクリスチャン病院で、女の子を生んだ。

宜蘭には病気をしている老いた母親がいるため、私はまだまだ働かなくてはいけないのに、この赤ちゃんを世話する余裕が全然ないし、父親に認知されない娘の将来は、戸籍がないという理由で、学校に行かせてもらえず、たとえ誰かに養子にしてもらっても、いつか生みの父は日本人であることがバレたら、こんな反日感情の激しい政権の下で、娘がいじめに遭うことを想像すると、誰か事情の知らない人に養ってもらった方がいいかと思い、下記の住所に置き去りにした。

花蓮市中興路三九八号

自分がとんでもない罪を犯してしまい、恐怖と混乱の中、修道女になることに決めたが、とりあえず、母が生きている間は、面倒を見てあげなくてはいけない。母親が亡くなったら、修道院に行くか考える。

将来、君がこの女の子のことを思い出した時、いつでもいいから、様子を見に行ってあげてくださいね。頼むよ。

それでは、永遠に、さようなら。

林　美枝

私は体の力が完全に抜けてしまい、正座のままに、母親とされる人物が書いた手紙を床に落とした。

「何かを発見したの」

浩輝が私の肩を揺らしながら、聞いていた。

「私を美枝と勘違いした理由は、若い頃の母親に似ているからだね」

「……」

「人間道にいるのに、母親の地獄の絵を見た」

散乱した手紙から、もっとたくさんの発見ができないかと、私は興奮して、紙の山を探り始めた。

「あ、落ち着いて」

「まさに悪魔の構図だ、こんな運命だなんて」

「陳さんはきっとお母さんのことを知っているから、僕は病院に電話してみるよ」

慌てて病院の電話番号を調べ、浩輝は私の代わりに病院に電話をしてみた。

問い合わせした結果、陳さんは一週間前に退院し、すでに台湾に帰国したそうだ。

「じゃ、劉さんだ。劉さん！　彼女は陳さんのことを知っている」

私の胸が異常に騒いだ。

記憶の奥に、生みの母への憧れ、その眠っていた夢を、やっとこの手でつかんだのに、放すわけにはいかない。
唯一私の母の行方を知っている人を追いかけるため、私たち二人は必死に持仏堂の方向に向かった。とにかく、一刻でも早く母親の居場所を探るため、浩輝と私は、全力で走り出した。

（終）

李　佳（リ　ジャ）

台湾出身、台湾輔仁大学外国語学部日本語学科卒業。日本大手企業の台北事務所に勤務した後、日本人と婚姻し来日。外国語講師及び翻訳者として活躍していた。1984年日本に帰化。高校時代からエッセイストとしてデビュー、受賞歴がある。短編小説は大学時代から書き始め、台湾の新聞に多数発表。今回の作品は、実は30年ぶりの創作で、日本語での処女作。

息子よ　さようなら

2017年10月17日　初版第1刷発行

著　者　李　　佳
発行者　中田典昭
発行所　東京図書出版
発売元　株式会社 リフレ出版
〒113-0021　東京都文京区本駒込 3-10-4
電話 (03)3823-9171　FAX 0120-41-8080
印　刷　株式会社 ブレイン

ISBN978-4-86641-088-3 C0093
Printed in Japan 2017

ご意見、ご感想をお寄せ下さい。

[宛先] 〒113-0021　東京都文京区本駒込 3-10-4
東京図書出版